TURN　東京駅おもてうら交番・堀北恵平

内藤　了

角川ホラー文庫
22300

目次

【主な登場人物】

堀北恵平《ほりきたけっぺい》　警察学校初任科課程を修了し、丸《まる》の内西《うちにし》署で研修中の『警察官の卵』。長野出身。

平野腎臓《ひらのじんぞう》　丸の内西署組織犯罪対策課の駆け出し刑事。

桃田　亘《ももたわたる》　丸の内西署の鑑識官。愛称〝ピーチ〟。

ペイさん　東京駅丸の内北口そばで七十年近く靴磨きを続ける職人。

ダミさん　呉服橋《ごふくばし》ガード下の焼き鳥屋『ダミちゃん』の大将。

メリーさん　東京駅を寝床にするおばあさんホームレス。

柏村敏夫《かしむらとしお》　『東京駅うら交番』のお巡りさん。

永田哲夫《ながたてつお》　柏村の後輩だった刑事。

――【人体を薬餌《やくじ》とするもの】
吐血には髪　破傷風には爪　下疳《げかん》には女の死骨　肺病には骨　梅毒には
脳……脳漿《のうしょう》、胎児、肝などは万病に効く
『人体各部の効能譚《たん》』（昭和二年）――

プロローグ

あれを見ちまったら、俺にはとても警察官は務まらないと思って駐在を辞めたんだよと、老人は自分を卑下して嗤《わら》う。

心底恐ろしくなっちゃったんだよなあ。山ん中だしさぁ、どんだけ家が離れていても、村中みんなひとからげでさ、どの家の猫が子猫を何匹産んだなんてことまでわかってるような土地だろう？ それなのに、あんなことが起きるんだからねぇ。

そりゃオソロシイよ。

永田哲夫《ながたてつお》は、茶渋がこびりついた茶碗《ちゃわん》に老人が茶を注ぐ様子をじっと見ていた。皺《しわ》が寄った手は艶《つや》もなく、随所にシミが浮いている。皺の間も黒くなり、爪は汚れて指先は煙草のヤニで真っ茶色に染まっていた。四畳半一間に台所がついて、二階は三畳だけという古い長屋の一室である。老人は歳の頃八十前後。シャツにステテコ、腹巻きをして半纏《はんてん》を羽織り、あぐらをかいた裸足《はだし》の踵《かかと》は、ガサついて大根をおろせそうだった。荒れた畳がズボンの尻《しり》に刺さるのを嫌って、永田は玄関に立ったまま老人の話を聞いていた。暮らしぶりも衛生状態もよくなくて、ささくれた柱のひびにビッチリと南京虫が詰まっている。迂闊《うかつ》に腰を下ろせば何匹か連れ帰る羽目になるだろう。

「おめえさんも茶を飲むかい？」

欠けた茶碗を勧めてくるので、「いや、けっこう」と断った。

部屋は玄関の並びに窓がひとつあり、すだれで目隠ししているものの、古くなって葦《よし》が抜けているので、あまり役に立ってはいなかった。窓のすぐ前が一間の通りで、近所の子供が遊んでいる。珍しい訪問者が来たと思ってか、時々永田の様子を覗《のぞ》きに来るが、永田は無視し続けている。立っているだけで痒《かゆ》みを感じ、ズボンの上から尻のあたりをボリボリ掻《か》いた。

「早くしてくれ。俺は事件の、当時の様子を聞きたいんだよ」

手帳をかまえ、エンピツの先を舐《な》めて訊《き》く。

老人は永田をじらすように出がらしの茶をゆっくり啜《すす》った。

この老人は五十年以上も前に信州上伊那《しんしゅうかみいな》で駐在をしていたと聞く。どの家も主《あるじ》が出稼ぎしなければ喰《く》えないような寒村だったが、そこで未曾有《みぞう》の猟奇事件に遭遇し、怖くなって警官を辞めたのだ。そのときの話を聞きたくて、永田はここを訪れていた。

「地獄だったねえ」

と、老人は言った。

「死体は戦時中にもたくさん見たがね、そういうのとは違うんだ。全然違う。だから、おっかなくなっちまう」

「どう違うんだ」

永田はさらに促した。老人はチラリと永田を見上げ、訝《いぶか》しそうに眉《まゆ》をひそめた。

「あれから五十四年も経つが、今でも生々しい夢を見る。死体の首が自分の首にすり替わっていることもある。人も信用できなくなった。誰にも心を開けない。何をやっても身が入らない。俺はダメになっちまったんだ」

それは爺《じい》さんが弱いからさと永田は思う。だから警察を逃げたんだろう？　郷里を捨てて、東京へ流れてきて、こんな暮らしを何十年も続けているんだ。殺人事件のせいじゃなく、あんたのせいだ。負け犬め。

老人は茶碗を覗き込んでいる。

「今にして思えば赴任したばかりの頃にもな、子守娘がひとり神隠しに遭ったってぇ事件があったんだよな。あとから田んぼに埋められてんのが見つかったんだが、人さらいはどこにでもいたからね、余罪はもっとあったのかもしれねえな……でも、とにかくあれは酷《ひど》かった」

「だから話せよ、どう酷かったんだ」

「どうって、おめえ……」

老人はあぐらから片膝立《かたひざだ》てになり、茶を飲み干した茶碗に酒を注いだ。酒は一升瓶のまま、卓袱台《ちゃぶだい》の脇に置いてあるのだ。遠い記憶を探るかのように目を眇《すが》め、くいと呷《あお》って老人は言った。

「地獄だって言ったじゃねえか」

「どう地獄だったか知りたいんだよ。そのためにわざわざ来てるんだ」

永田は懐に手を入れて金を抜き出し、卓袱台に放った。

老人は素早くそれを摑《つか》み取り、またも茶碗に酒を注いだ。

「亭主が出稼ぎで留守だったんだよ。そういうのをな、あいつはしっかり見てたんだ。見ていて、てめえの女房が出かけていたり、そういうときを狙ってやったのさ。容赦もなかった。人間じゃねえからな。だんだん手口も大胆になって、最後のほうは大八車を曳《ひ》いていた。女を見つけたら首を絞めて、気絶させて、車で運ぶためだってよう。だから、もし捕まらなかったら、まだ何十人もやったろう」

「そうだ。そういう話を聞きたいんだよ」

促すと、老人は静かに言った。

「俺が見たとき殺されてたのは、母親と、生まれたばかりの赤ん坊、あとは六歳の子守娘さ……夏だった。暑い盛りで、蝉がワンワン鳴いていて、砂利道が走りにくくてなぁ……家は六畳ひと間でさ、あたり一面――」

血の海だった。と老人は言った。

「部屋の真ん中に裸の女が……いや、もちろん名前は知ってるよ？　近所だからな。でも、そういう感じじゃ、もうなかったよ。裸の女が大の字になって伸びていて、真一文字に裂かれた腹の上に、ゴロンと首が載っかってんだよ」

永田は息を吸い込んだ。饐《す》えた臭いが肺の奥に染みてくる。

「そばに血だらけの赤ん坊と、部屋の隅には子守娘が転がっていた。全員首を切断されて、凶器の脇差しが母親の首に、まだ刺さったままになっていた。焼き鳥の串《くし》みたいにな、刺さってた。腹を裂かれて、そん中に赤ん坊の首を突っ込んで、蓋《ふた》するみたいに母親の首がな、上に載せてあったんだ。鬼が遊びでやったみたいだ。とても人間の仕業にゃ思えなかった」

凄《すさ》まじい光景は、永田の脳裏にもありありと浮かび上がった。

永田が知りたいのは過去に起こった猟奇事件だ。人が人を、なぜ残虐に殺害できるのか。それをするのは特殊な人間だけなのか、それとも普通の人間の奥底にも狂気は潜んでいるのだろうか。

老人は続ける。

「被害者の家に限らず一帯はみんな貧しくて、盗む物なんかありゃしねえんだよ。怨《うら》みをもつような相手もいない。それをあの殺し方だ。鬼だろう」

「事件はそれだけじゃなかったんだろ？」

老人は頷《うなず》いた。

「翌年の春だったかな。飲み屋の女将《おかみ》が行方知れずになって、山ん中で見つかったのよ。やはり首を切断されて、真一文字に腹を裂かれて、肝が抜き取られてた。首は土に埋められていた。手口が同じだったから同一犯を疑ったものの、母子と子守娘が殺されたときは、あまりの惨状に驚いちまって、肝が抜かれていたのかまでは、ちゃんと調べていなかったんだよ」

「肝取り勝太郎《かったろう》事件だな？」

「後にそう呼ばれたがな。俺が心底怖かったのは、奴を捕まえてからのことさ」

手酌で酒を飲む老人は、目の縁が次第に赤くなってきた。安酒と体臭が相まって、永田の鼻を執拗《しつよう》に衝《つ》く。永田にはそれが自分に染みついた恐怖の臭いに感じられた。

「何が怖かったんだ」

「勝太郎だよ」

立てた片膝に腕を載せ、老人は茶碗《ちゃわん》を卓に置く。こぼれた酒が手につくと、ベロリと舐めて頭を掻《か》いた。

「勝太郎は搗米屋《つきごめ》だった」

搗米とは精米のことである。

「年は三十少しで、田畑もあって、女房もいた。真面目で評判の男だったし、暮らしぶりも悪くなかった。夫婦仲もよかったんだよ」

永田は手帳を持つ手に力を込めた。それは永田が知る猟奇殺人犯とも、想像していた人物像ともまったく違うものだった。

「そんな男が、どうして鬼のような真似をしでかしたんだ」

「知らないよ。だからこそ俺はおっかなくなった。あの現場を見たからな。想像もできない、わからんよ。俺たち巡査が逮捕に駆けつけ、顔をみたとたん、勝太郎は取り乱して出刃包丁を持ってきた。それで自分の首や腹を切って死のうとしたんだ。それほど気の小さい男だった。傷は浅くて助かったがね、今になって思うのに、やつはテメエのしたことがバレて、死ぬほど恥ずかしかったんじゃねえのかな。そりゃそうだ。

あれは鬼の仕業だからな。人間のすることじゃねえ」

老人の言葉が永田の胸に突き刺さる。人間の仮面の下に棲《す》まわせていた鬼の本性を見破られることの恥ずかしさ。勝太郎は罪を悔いたのではなく、本性を知られたことを恥じたのだ。

永田はまだ若い刑事である。血気盛んに高名を急《せ》いていたとき猟奇事件に遭遇し、殺された少年の首が金魚鉢でホルマリン漬けにされているのを見た。その光景と衝撃がトラウマとなって、犯人を逮捕してもなお不安は収まらない。老人同様に被害者の夢を見て飛び起きることもしばしばだ。署で電話が鳴るとハッとするし、見知らぬ男とすれ違うときは咄嗟《とっさ》に避《よ》けることもある。

だが、自分は決して逃げたりしない。

永田はそう決めていた。恐ろしいのは、知らないからだ。残虐な行為に耽《ふけ》る犯人の気持ちが見えないからだ。ならばそれを調べればいい。調べて、知れば、恐怖は薄れる。だから永田は努力を重ねた。過去の犯罪資料から猟奇的なものを抜き出して読み、時には証言者と面談する。肝取り勝太郎事件を担当したこの老人のことも、苦労して探し当てたのだ。自分は優秀な刑事である。出世して頂点に上りつめるべき逸材だ。そんな自分が、たかだか猟奇事件に怯《おび》え続けていいはずがない。

貧しい住処《すみか》で酒に溺《おぼ》れる老人を、永田は心底蔑《さげす》んだ。臆病者《おくびょうもの》。おまえは恐怖に呑《の》まれるがいい。事件じゃない、おまえは自分に負けたんだ。酒浸りになっているのがその証拠じゃないか。

「爺《じい》さん、飲み過ぎるなよ」

口ではそう言いながら、負け犬は酒に溺れて死ね、と心の中で吐き捨てた。

手帳とエンピツをしまって老人の家を後にする。敷居を跨《また》げばすぐ道で、遠巻きに見ている子供たちに気付いたが、体を背けて長屋を出た。

向かい合う庇《ひさし》の隙間に細長く続く空は夕暮れ色で、おびただしいトンボが舞っていた。

その夜。永田は殺人事件の通報を受けて現場へ向かう夢を見た。

事件は町外れの豚小屋で起きたと聞き、駆けつけてみると小屋の手前がだだっ広い荒れ地になっていた。真っ先に臨場して犯人の手がかりを探す。そう考えていきり立ったが、絡み合う藪《やぶ》に埋もれて先を急ぐのは難儀であった。

荒れ地の奥に森があり、そこにあばら屋が建っていたが、茨《いばら》や雑木が行く手を遮って思うように進めない。豚小屋の中には腹を裂かれた女の首なし死体が転がっているはずで、強引に草藪を掻き分けたとき、手先に何か、棒のような物が当たった。見上げると竹竿《たけざお》の先に生首が刺してある。しかもそれが何本も等間隔に並んでいる。永田の心臓がバクンと跳ねた。

ちくしょう。死体は一人じゃないぞ。通報者はどこに目をつけていたんだと、永田は忌々しく吐き捨てる。大量殺人じゃないか。今までにない大きな事件だ。

ポケットからエンピツを出し、それで藪を払いながら豚小屋へ急ぐ。急ぎながら、ふと考える。さっきも首はあったろうかと。風が茅《かや》を揺らしていく。首はもっと増えていく。心臓が益々《ますます》跳ねる。そして永田は気付いてしまう。やられた、犯人はまだ近くにいるんだ。藪に潜んで俺の首を狙っている。息を殺して、善人の顔で、次の獲物を狙っているんだ。次の獲物を、俺のことを。

ザザザザッと風が鳴る。それともあれは足音か。どこだ？　世界がグルグル回る。

戸板返しのように回転する。通報じゃない。

あれは、俺をおびき出すための罠《わな》だったんだ！

「はうっ！」

と叫んで目が覚めた。

脇が冷や汗で冷たくなって、痛いほど心臓が打っていた。

夢か……永田は汗を拭《ぬぐ》った。

見上げた天井板の節が目玉のようで、死人の顔が無数に張り付いているかに思えた。障子に月明かりが差していて、大家の庭の大木がザワザワと気味悪く鳴っていた。自分の額に手を置いて、永田はチッと舌を打つ。

いつまでこんな夢を見続けるつもりだ。

目覚まし時計を確認すると、午前四時少し前。永田はうつ伏せになって煙草を吸った。闇に白く漂う煙に、夢で見た死者の顔が重なってくる。荒れ地で串刺《くしざ》しになっていたのは肝取り勝太郎事件の証言をした老人と、被害者だった母親と、赤ん坊と子守の娘……そして……金魚鉢で真っ白になっていた少年と、彼を殺した犯人だった。

あのまま夢から抜け出せなかったら、荒れ地に自分の首も並んだはずだと永田は思い、火を点《つ》けたばかりの煙草をもみ消した。

同じ日の深夜零時近くに、永田は懐中電灯を手に中野駅《なかの》近くの公園へ向かっていた。定時制高校に通う女生徒がひとり、こんな時間になっても帰ってこないと、両親が中野駅交番に届け出てきたからだった。

女生徒は真面目で非行歴もなく、勤め先の工場から定時制高校へ、そして自宅へと、判で押したような生活をしてきたという。いつも通りに学校を去る姿を教員が見送ったというので、事件に巻き込まれたに違いないと両親は訴え、野上《のがみ》警察署で当直をしていた永田が応援に駆り出されたのだった。

女生徒が通学に使っている中野駅は最近また建て替えられて、北口商店街などが益々賑《にぎ》やかになっていた。都内はどこも日進月歩で開発が進んでいるが、繁華街を外れると空き地や畑ばかりで、家々が肩を寄せ合うように並んでいる。住宅街の通りは狭く、板塀と道の隙間にドブがあり、電柱に下がった照明の光も地面を丸く切り取る程度だ。もしも女生徒が拉致《らち》されたとして、犯行に車を使ったとは思えない。乗用車は高級で、走るだけでもひと目を惹《ひ》くし、営業用のトラックが夜中に走ることはあまりない。永田は犯罪者目線で考えた。一番いいのは独りでいる娘の跡をつけ、人気のない畑で襲うか、敢《あ》えて声をかけてから、言葉巧みに公園へ誘うことだろう。路地や裏道を確認しながら先を急いだ。

野上警察署管内では、お巡りや駐在さんが手分けしてあたりを巡回している。永田は徒歩だが彼らは自転車を使って廻《まわ》る。地域の事情に詳しいし、娘が連れ込まれそうな場所も知っている。よってたかって捜索するうち、娘が無事に帰宅したなら大笑いだが、急激に人口が増えていく東京では、いつ何時予期せぬ事件が起きるとも限らない。街が発展すれば人が動き、金も動く。胡乱《うろん》な輩《やから》が流れ込み、貪欲《どんよく》に食い扶《ぶ》持《ち》を求めていく。

肝取り勝太郎だって？　足を止め、唐突に自分の背後を振り向いた。

オオーンと犬の遠吠《とおぼ》えがする。家々の明かりは疾《と》うに消え、空には半割りしたような月が出て、そのため景色が一層暗い。街灯の下に立つと自分の影が黒々と延び、板塀の饐《す》えた臭いとドブの臭気が混じって、夢で見た豚小屋を思い出させる。

肝取り勝太郎は搗米屋《つきごめ》だった。食い詰めた寒村では、さほど悪くない暮らしぶり。田畑を持ち、家業もあって、女房までいたらしい。評判はよく、気の小さい男だと老人は言った。それでも生き肝の儲《もう》けは必要だったか。

いや、犯行現場の凄惨《せいさん》さからして、金のためだけにそれをしたとも思えない。そいつは善良で小心な仮面の下に、生来の残虐性を隠していたのだ。生まれながらに鬼だったのさ。誰もそれを見抜けなかった。それだけのことだ。

永田の行く手に黒々とした闇がある。街の表側にはビルヂングが建つけれど、それ以外の土地は閑散として、だだっ広い荒れ地のままだ。だから余計に闇が濃い。住宅地を出れば田舎道になり、公園はその先にある。

遠くにポツリと光が見えた。公園の街灯だ。真っ黒な木々に埋もれているから、風で木が揺れた拍子にチラチラ光る。誰かが跡をつけてくる気がして、永田は懐中電灯を向けてみた。が、光は奥まで届かない。むしろ相手に自分の位置を教えるだけだと考えて、懐中電灯を懐に抱く。耳を澄ませても、聞こえてくるのは風の音と、連鎖していく犬の遠吠えだけだ。月は変わらず照っている。薄い夜空に電信柱の影が立つ。

「ちくしょうめ」

誰にともなく吐き捨てて、煙草を咥《くわ》え、火を点けた。早いとこ公園を確認して署に戻ろう。娘はもう見つかったかもしれないし、もしかしたら……。

歩きながら、永田は盛大に煙を吐いた。

また俺が、変わり果てた遺体を見つけるのだろうか。

老人の話が脳裏を巡る。母親と赤ん坊と子守の娘。全員が首を切り落とされて、赤ん坊の頭部は母親の腹に突っ込まれ、蓋《ふた》をするように母親の首が載せられていた。

永田が知る殺人現場で臭っていたのはホルマリンだが、老人が見た現場は血の海で、甘酸っぱくて生臭い、胸が悪くなるような腐臭が漂っていたことだろう。そりゃ、爺《じい》さんも警察を辞めたくなるな。

永田は地面にツバを吐き、煙草を捨てて靴底で踏んだ。

前方に公園の森がある。しけた街灯がひとつだけ、梢《こずえ》の間で照っている。懐中電灯を消したことで暗闇に目が慣れてきた。半月の薄明かりを頼りに永田は進む。どこかに娘の死体があったとしても、よもや首をもがれてはいまい。ならば死体は怖くない。本当に恐ろしいのは、死体のそばにまだ犯人が潜んでいることだ。人好きがして評判もよく、何不自由なく生活している人間。残虐性を仮面で隠し、嗜好《しこう》を満たすチャンスを狙っている者。そういう輩は恐ろしい。容易に本性を見抜けない。そんな人間は存在する。本当に、存在するのだ。

公園の森が揺れている。木々の梢は黒々として、吹く風に生臭さを感じる気がする。犯人は息を潜めている。懐中電灯の明かりに気付いて木立の陰に身を隠し、襲いかかるチャンスを窺《うかが》っている。殺された後は裸にされて、胴体を三つ切りに、首と手足はバラバラに。ホルマリンに漬けようと、生首を腹に飾られようと、死体に抗《あらが》う術《すべ》などあるはずがない。

永田の呼吸が速くなる。上体を前のめりにし、武器のように懐中電灯を握る。

ザワザワと木が揺れて夜の匂いがし、街灯に照らされた場所だけが白々と浮かんだ。空には白い半月が。人の気配はどこにもないが、またも足音を聞いた気がした。さっきからずっと、見えないどこかで気配がしている。永田はベルトのバックルを外し、懐中電灯をズボンの背中に差し込んだ。それからそっとベルトを抜いて、両端を手に巻き付けた。かかってこい。俺は刑事だ。かかってこい。

風が吹いて月が隠れる。草むらが不自然に揺れて、人影を見る。息づかいがする。足音も。獣のように五感を研ぎ澄ませて間合いを計る。背中を冷たい汗が流れていく。破れそうなほど心臓が鳴る。来い、遠慮しないで襲ってこい。頭のイカれた変態野郎。永田は敢えて暗がりに踏み混んだ。街灯の下を避けたのは、相手を油断させるためだ。まだ俺が、むこうに気付いていないと思わせるため。不意打ちを喰《く》らわせて、ことを優位に運ぶため。殺された少年、殺された母子と子守娘、被害者らの首……残虐なビジョンが脳裏を過《よ》ぎる。この鬼め。ひび割れて汚れた老人の指と、同じような柱のヒビにみっちり詰まっていた南京虫め。

また風が吹いて木々が揺れ、街灯も揺れて、明かりが乱れた。

刹那《せつな》、永田は身を翻し、背後に迫る人影に襲いかかった。

東京駅うら交番に勤務している柏村敏夫《かしむらとしお》は、早朝に所轄署からの電話を受けた。身ぎれいな青年刑事と小娘のような見習い警察官が、交番を訪ねていたときだ。

電話は日本橋《にほんばし》警察署への応援要請を告げるもので、本石町《ほんごくちょう》付近の日本橋川から男性の部分遺体が見つかったというのであった。

このとき柏村は六十三歳。新米刑事永田の教育係を最後に野上警察署の刑事課を去り、東京駅うら交番に勤務して一年ほどが経っていた。

「きみたちも急げ!」

若い二人にそう告げて、柏村は交番を飛び出し、自転車にまたがった。

街は朝靄《あさもや》に包まれて、雲の中にいるようだ。有事には最初に駆けつけて雑務に当たるのがお巡りの仕事だ。グイとペダルを漕《こ》ぎ出せば、交番はすぐさま背後に消えた。

警帽を目深に被《かぶ》って柏村は急ぐ。川から引き上げられたのは若い男性の胸部であると電話で聞いた。近在の所轄署では、三日前から若い巡査が行方不明になっている。

「まさか……まさかな」

前傾姿勢になりながら、柏村は自分に呟《つぶや》いた。同じ頃、定時制高校に通う女生徒が行方をくらます事件が起きて、非番だった巡査が応援に出たことまではわかっているが、その後の足取りが杳《よう》として知れない。

女生徒は翌夕刻になってから恋人といるところを保護されたのだが、巡査はついに帰らなかった。年は十八。この春警察官になったばかりと聞いている。

朝靄は乳色で、数メートル向こうの景色も見えない。自転車を漕ぐうちに柏村は、靄の向こうで世界が歪《ゆが》み、その先がどこか自分の知らない世界につながっていくような錯覚を覚えた。青年刑事と小娘の警察官が追いかけてくる気配はない。靄の奥ではカチャカチャと、牛乳配達員の荷台が鳴っていた。

第一章　生活安全課研修

三月。

昨年来の暖冬の影響もあって、今年の春は全般的に気温が高く、桜の開花は例年よりも早い見込みだとニュースが言った。大して雪も降らなかったので冬を体感し損ねて、春の訪れを待ち望む気持ちすらおぼつかない。こんな春は初めてだ。

早朝七時。見習い警察官の堀北恵平《ほりきたけっぺい》は、勤務先の『丸《まる》の内西署《うちにし》』のロビーに貼り出された『警察官志望者のための体験型採用相談会』のポスターに目を留めていた。

期待に胸を膨らませて採用試験を受けた日が、昨日のことのように思い出される。警察学校に入学し、厳しい訓練に悲鳴を上げた。何人かが脱落していくなかで仲間たちと励まし合って、ついに卒業の日を迎え、警察手帳や装備品を受け取った瞬間の晴れがましさと胸の高まり、期待と不安。そしてここ丸の内西署に配属されて、研修期間が始まった。お給料をもらって学び、警察官の卵になって、未《いま》だに一歩一歩を積み重ねている。それがもう新しい警察官募集の時期だなんて。次の世代が育ってくるという現実に、焦りを感じて恐くなる。

「どうした堀北？」

刑事部屋を出てきた河島《かわしま》班長に名前を呼ばれた。昨夜は当番勤務だったらしく、朝のコーヒーを買いに行くところのようだ。

「おはようございます！」

姿勢を正して頭を下げると、班長は恵平のそばに来て言った。

「なんだ、ポスターがどうかしたのか？」

「いえ別に」

河島班長は腰に手をやりポスターを見上げた。

「またも新規採用者が来るんだな。時の過ぎるのは早いなあ。なあ、おい」

「はい。自分のときのことを思い出していました」

河島は四十代後半。色黒で背が高く、額が広くて、髪を短く刈り上げている。上半身の筋肉が発達していて足が長く、サングラスをかければその道の人に見えそうな強《こわ》面《もて》ながら、笑顔はとてもチャーミングだ。が、笑ったのをあまり見たことがない。

「堀北は今朝も東京駅を拝んできたのか」

河島が恵平を見下ろして訊《き》く。恵平ははにかんだ。

「はい。そうしないと一日が始まらない気がして、もう日課になっちゃいました」

丸の内西署は東京駅に近い。ここへ配属されたとき、恵平が最も感動し、最も困惑したのは東京駅の煉瓦《れんが》駅舎の美しさ、内部の広大さと複雑さだった。駅や周辺の地理を理解するため時間の許す限り周囲を散策し続けて、再び駅に辿《たど》り着けるとホッとして、駅舎に頭を下げたくなった。一世紀にもわたって同じ場所から街を見続けてきた東京駅と、それを守り続けてきた先人たちに畏怖《いふ》の念を感じてもいた。今ではそれが日課になって、勤務の前には駅前広場から煉瓦駅舎に一日の無事を祈っている。

「この前、やっと丸の内南口改札近くの床で、原《はら》首相が襲撃されたポイントを見つけました。小さすぎて全然気がつきませんでした」

恵平が言うと河島は笑った。

「知っている人のほうが少ないと思うぞ。原敬《たかし》首相が暗殺されたのは大正十年だし、それを言うなら濱口雄幸《はまぐちおさち》首相が銃撃されたポイントだってあるんだが、知ってたか？新幹線中央改札の階段手前だったと思うが」

「知りませんでした」

「濱口雄幸首相はその場で絶命したわけじゃないが、事件の痕跡《こんせき》として残されているんだよ。そっちのほうが新しくて、昭和五年の出来事だそうだ」

漠然としていた一世紀の長さが、現実味を帯びて感じられた。

「やっぱりすごいなあ東京駅は」

河島はチラリと白い歯を見せた。

「平野《ひらの》の言うとおりだな」

「え？」

おまえは変わってる。と河島は言って、踵《きびす》を返す。

「さっさと掃除しないと、生活安全課の女性陣は出勤が早いぞ」

「あ、はいっ！　頑張ります」

恵平は姿勢を正し、大股《おおまた》にロビーを横切って持ち場へ向かった。

地域課研修で東京駅おもて交番のお巡りさんを務め、刑事課研修で鑑識捜査を学んだ恵平は、現在生活安全課で研修中の身の上である。下っ端警察官はどこへ所属しても先輩たちより早く出勤し、職場の掃除をする決まりになっている。換気をし、棚を拭《ふ》いてゴミを捨て、給湯室を片付けてお茶を淹《い》れ、勤務中は先輩を手伝いながら仕事を学ぶ。掃除もゴミ捨てもお茶くみも、人間と対峙《たいじ》しなくては務まらない警察官という職業の基本的な鍛錬になるからだ。恵平より少し先輩の平野刑事はもちろん、河島班長でさえ新人時代は平等に通った道である。

「生活安全課の業務は大きく分けて六つ」

部署内の窓を開けて換気をし、ゴミを集めながら唱えてみる。

「一。営業、申請などの認可業務は、課内の防犯営業係が担う」

ゴミを運びながらさらに呟く。

「二。特捜による事件の捜査。三。サイバー犯罪を含む生活経済全般の捜査は――」

集積所にゴミを出し、

「――振り込め詐欺、金融犯罪、不正取引、脱税違反行為、四は、えーと……」

人差し指で額を掻いた。生活安全課の刑事が取り組むべき犯罪は多岐にわたる。

「あっ、銃刀法の取り締まり」

空になったゴミ箱を各所に配ると、バケツと雑巾《ぞうきん》を持って手洗い場へ急いだ。

「五。風俗、賭博《とばく》、不法滞在等に関わる保安業務」

水を汲《く》んで雑巾をもみ出し、棚やテーブルを拭きながら復習を続ける。

「そして最後は、少年育成に関わる業務」

六つすべてを言い終えて、恵平は自分に頷《うなず》く。警察官になるまで、生活安全課の業務は少年育成に関わるものばかりと思っていた。学校の長期休みに警察官が繁華街をパトロールして、非行少年を補導するのを見ていたからだ。廃棄物や不正医療行為などの保健衛生事案まで取り締まるとは知らなかった。

「地域や生活に密着したもの全般が仕事なのよね」

生活安全課は自分に合っているかもしれない。恵平は東京駅に暮らすホームレスの人たちや、地方から観光に来る学生たちと話すのが好きだ。人と触れ合うことは郷里で自然にやっていたことだし、なにより『人』が好きだった。都会では、美しいビルより狭い小路《こうじ》にひしめく家や植木鉢、洗濯物に牛乳箱、玄関の隅に置かれた子供のオモチャなど、生活の匂いがする風景に惹《ひ》かれてしまう。研修を終えたあと、自分がどこに配属されてどんな警察官になっていくのか、なりたいか、今は手探りの状態だけれど、生活安全課も悪くない。そんなふうに思うのだ。

棚を拭き終えてから観葉植物の枯れ葉を取りのぞいて、鉢植えに水をやっていると、鑑識部屋から背の高い桃田《ももた》と、刑事部屋から平野が飛び出して来た。つい最近まで鑑識の手伝いをしていたので、事件が起きたとすぐにわかった。桃田は鑑識専用車が止めてある署の裏口へ行ってしまったが、平野は恵平の前を通過する。

「おはようございます、平野先輩。事件ですか？」

呼び止めると平野は振り向き、

「ケッペー、おはよ」

と、前髪を掻《か》き上げた。

「丸の内一丁目の工事現場で酔っ払いが転落死したらしい。和田倉門《わだくらもん》交番から入電があったんで、行ってくるわ」

「亡くなっているのに、どうして酔っ払いだとわかるんですか？」

「凄《すさ》まじいアルコール臭がしてるんだとさ」

ああ、なるほど。と言う前に、平野は走って行ってしまった。

鑑識の研修中に恵平は、刑事課へ舞い込む案件は変死の現場検証がもっとも多いことを学んだ。一日で数件の現場に臨場して遺体を調べたこともある。遺体があったからといって殺人事件になるのは稀《まれ》で、ほとんどが病死や自死などの孤独死だった。検視後は遺体を収容し、遺族を探して引き渡すほか、時には無縁墓地に埋葬する手配までですることもある。経過をすべて書類に起こすので事務仕事も膨大だ。刑事は毎日犯罪捜査をしていると思っていたが、違っていた。人が大勢いても隣で亡くなった人を知る者はなく、異臭がし始めてから連絡がくるケースはざらだ。臨場すると郵便受けに郵便物や新聞が溜《た》まっていて、居住者に異常が起きたとすぐわかるのに、どうして通報が遅れるのだろう。山向こうの家に誰が住み、どんな暮らしをしているのかまで知っているような田舎で育った恵平には、不思議でならない都会の謎だ。

通報があると真っ先に駆けつけるのが鑑識だから、桃田はすでに出かけただろう。早朝に桃田がいたということは、河島班長と同じく当番勤務だったのだ。徹夜明けの身には堪《こた》えるけれど、亡くなって間もないことが救いだと思う。それにしても、

「酔っ払って死んじゃうなんて」

気持ちよく泥酔して工事現場へ迷い込み、あっという間に命を落とす。事故がないよう細心の注意を払っている工事現場で事故が起こったなんて。

被害者の帰りを待ちわびているはずの家族を思うと、可哀想で気持ちが沈んだ。

「おはよう」

背後で上司の声がした。現在恵平の指導を任されているのは池田《いけだ》マリ子という巡査部長だ。歳は四十前後で、小柄ながら横幅があり、肝っ玉母さんの雰囲気を持つ。事実、幼稚園と小学校に通う子供がいるので、結婚は早かったようだ。桃田情報に寄ればご主人は本庁の事務方だという。職業柄異性と出会うチャンスに乏しいので、若い女性警察官はモテるんだよと、これも桃田の説である。

「池田巡査部長。おはようございます」

きちんと振り返って頭を下げると、池田は棚の天板を指でこすってニコリと笑った。

「雑巾かけたんだ。感心感心」

「ありがとうございます」

恵平にとって初めての女性上司は自分のデスクに戻って、言った。

「堀北。今日は不審者対応の講義に出るからね。活動服はズボンでお願い」

「承知しました」

池田は続けた。

「堀北は逮捕術が得意って聞いたよ」

「……得意というか、体術は好きです」

「そう？　じゃ、今日は期待しているからね」

それはどういう意味だろうと考えている間に、署員が次々出勤してきた。恵平は雑巾とバケツを片付けて、お茶を淹れるため給湯室へ入っていった。


同じ日の午前十時過ぎ。恵平は池田に連れられて丸の内一丁目にあるオフィスビルを訪れた。朝一番に池田から言われたとおり、管内のビジネススクールの職員たちに不審者対応のレクチャーをするのだ。管内には社会人を対象とするビジネススクールが多数ある。各学校とも警備員を頼んでいるが、有事には職員が自分の身を守れるようにしたいという防犯協会の要請で、丸の内西署が定期的に講習会を開いている。

この日は暴漢に手首を摑《つか》まれたときの振り払い方や、防犯用に装備されている刺股《さすまた》の扱い方など実践的なレクチャーをすることになっていて、池田のほかにも生活安全課の女性課長や刑事などが参加する。恵平はそのお手伝いと言ったところだ。

会場は、地下鉄五路線が乗り入れている大手町《おおてまち》駅の出入口に直結した巨大ビルの一室で、二十四階まで上がると、酔っ払いが転落死したという工事現場を見下ろせた。高層ビルの谷間にぽっかり空いた空間は、地面に描いたフローチャートのようである。地下深く掘られた丸い穴、周囲に並ぶ鋼材の線、基礎部分の鉄骨はパースグリッドのようにも見える。平野はどこかと探してみたが、わからない。建築機材や重機がオモチャのようで、作業員はパノラマ模型の人形みたいだ。

「行くよ。堀北」

池田に呼ばれて廊下を進んだ。

ビジネススクールには体育館や講堂がないので、会議室を借りてレクチャーをする。通路に『生活安全特別講習――不審者対応・咄嗟《とっさ》の場合――丸の内西署生活安全課』と書かれたパネルが掲示されている部屋が本日の会場だ。

丸の内西署から参加するのは恵平を含めて四人。参加者はビジネススクール毎に一名から二名で、総勢二十数人というところらしい。主催者である防犯協会の職員に案内されて部屋に入ると、参加者たちが着席していた。恵平と変わらない若さの女性もいれば、かなり年配の男性もいる。

講習会はビジネススクールの仕切りで始まった。挨拶《あいさつ》のあと自己紹介し、生活安全課の女性課長が『管内に於ける不審者事案の件数や増減などの話』をする。全員が席についた状態でその後のスケジュールを説明してから、司会者が池田に替わった。

こうした場面に慣れているのか、池田はまったく物怖《ものお》じしない。室内を見渡して、にこやかに言った。

「では、今から刺股の使い方などをレクチャーします。動きやすいようテーブルを脇へ寄せ、実践の場所を作ってください」

全員が席を立ち、部屋の中央に広いスペースを作る。

「本日の暴漢役は生活安全課の牧島《まきしま》刑事です。怖い顔をしていますけど、うちの署の刑事で本物です」

笑いをとるのも忘れない。牧島刑事は面長で、どちらかというと愛嬌《あいきょう》のある顔だ。ところが、このためにラフな服装できた中年刑事が一礼してからサングラスをかけると、たちまち強面《こわもて》に変身した。毎度感心するのだが、刑事は犯人役がとても上手だ。警察学校の教官もそうだったけれど、暴漢に扮《ふん》した途端、立ち居振る舞いも、歩き方も、顔つきまでも変わってしまう。

「いいですか？　これはドスです。ドス、つまり凶器ですからね。刺されたら痛いです。場合によっては死んじゃいますよ」

牧島は参加者たちにそう言うと、筒状に丸めた新聞紙を凶器として手に持った。感心して眺めていると、池田に脇腹を突《つつ》かれた。

「あ、はい」

恵平は暴漢牧島に襲われる役である。頭を下げて、少し離れた場所に立つ。

「初めに、参加者の皆さんには、襲われた場合の対処法をお話ししようと思います」

池田は恵平と暴漢の脇に立ち、解説を始めた。

女性課長もそばにいて、恵平を含めた部下たちが、どういう首尾でレクチャーを行うか観察している。恵平は緊張し、天井を見上げて深呼吸した。

落ち着け。今朝も東京駅に行ったんだから、きっと上手にできるはず。今からやるのは警察学校で学んだことだ。落ち着いて、わかりやすく動けばいいだけだから。

けれどやっぱり緊張はする。心臓がドキドキ鳴って、吐く息が震える。

「知っておいて欲しいのですが、最大の防御は、戦うことでも、相手を出し抜くことでもなく、危険な状況を回避することです。常に警戒しておくこと。車を駐車するときは明るい場所を選ぶ、暗がりでモタモタしないよう玄関や車に近づくときは予《あらかじ》め鍵《かぎ》を用意しておく、いつも同じルートを通らない。など、予防のためにできることは何でもしておきましょう。それでも襲われてしまったら、反撃するつもりはないことを相手に伝え、欲しがるものを与えて下さい。勝ち負けではないのです。命や健康以上に価値のあるものはありません」

池田は言葉を切ってから、参加者たちが頷《うなず》くのを待った。

「それでも暴力を避けられそうにない場合は、自分の身を守るために――」

池田の視線が恵平に向く。暴漢役の牧島が恵平の前に立ち塞《ふさ》がって、筒状の新聞紙を構え、腰を落として迫ってくる。

「――どうしますか？」

と、池田が聞いた。

恵平は、両手をメガホンよろしく口に当て、大声で叫ぶフリをした。

「きゃー、たすけてー」

多少白々しい感じになったが、ここで渾身《こんしん》の悲鳴を上げるわけにもいかない。恵平のヘッポコ演技に参加者たちから失笑が漏れる。

「はい。いいでしょう」

池田は頷いた。

「先《ま》ずは大声で助けを呼ぶこと、そして一目散に逃げることです。皆さん笑っていますけど、これが最も安全で、効果的な対処法なんですよ」

恵平は逃げるフリをしたが、暴漢はすぐに追いついて手首を摑んだ。池田が言う。

「それでも追いつかれてしまいました。どうしますか？」

恵平は振り返り、摑まれていないほうの手で相手の胸を押し戻した。

「きゃー、たすけて、たすけてください。だれかー、助けてー」

かなり恥ずかしいが、真面目な演技をしているのである。暴漢は恵平の手首を握ったままだが、利き手で拘束したために、ナイフは左手に持っていて、上手《うま》く凶器を振るえない。恵平は叫びながら、自由になる手でポカポカと相手を殴った。

「この段階で重要なことは、意のままになる気はないと相手に知らせることです。叫ぶことも、抗《あらが》うことも諦《あきら》めてはいけません」

暴漢は利き手にナイフを持ち替えようと、一瞬だけ手首を放した。その隙に恵平は逃げようとする。が、次の瞬間、羽交い締めにされていた。池田が言う。

「逃げるチャンスは数秒です。失敗して、再び捕まってしまいました。だから参加者の皆さんは、人間にとって弱い部位がどこなのか、今日は覚えて帰ってください」

池田が視線で先を促す。恵平は参加者たちを見渡して言った。

「急所は骨がなくて弱い部分です。目、耳、鼻、ほかに攻撃されて弱いのは首、膝《ひざ》と脛《すね》、股間《こかん》です。あとここも、比較的攻撃しやすく、痛い場所です」

足を大きく振り上げて、踵《かかと》で牧島のつま先を踏みつける。

「痛てっ！」

相手が怯《ひる》んだ隙に振り返り、手刀で両耳を斬り落とすフリ、目を突くフリ、鼻に頭突きを喰《く》らわすフリをした。

「鼻を攻撃する場合は、頭頂もしくは手のひらの付け根で押し上げるように突きます。鼻骨を狙うといいでしょう。流血すると相手は怯みますから、一目散に逃げましょう。砂を摑んで投げつける、嚙《か》む、ひっかく、体の柔らかい部分を狙って拳《こぶし》を振る、指や関節で突く、弁慶《べんけい》の泣き所と呼ばれる向こうずねを蹴《け》るのもよいです。ただし相手が逆上して、さらに凶暴になることもあるので」

「この野郎っ！」

つま先が本気で痛かったのか、牧島はもの凄《すご》い形相で襲いかかってきた。首に腕を回して絞め上げられて、体が浮いた。うっ血で顔を真っ赤にしながらも、恵平は彼の小指をギュッと握った。

「小指は力が入りにくい部位です。冷静に摑《つか》んで、逆方向に折り曲げます」

「ぎゃ！」

冗談ではなく牧島が叫ぶ。叫びながらも別の腕で抱え込まれそうになり、恵平は思わず肩を外した。グギッと鈍い音がして関節がずれたので、参加者たちは口を覆った。恵平はするりと牧島の腕を抜け、彼の鳩尾《みぞおち》へ肘鉄砲《ひじでっぽう》をお見舞いした。

「ばか、本気でやるな」

刑事の顔に戻って暴漢が言う。

「あ、ごめんなさい。つい夢中になって」

バキボキと音を立てて関節を戻すと、参加者たちは驚きながらも次第に笑った。

「今のタンマで、すみません。私は肩の関節を自由に外せるんです。だから、今のは参考にならないと思います。牧島刑事も、すみません」

「堀北、これはレクチャーよ。先輩に怪我をさせないで」

ついに池田に叱られた。池田は参加者に向いて言う。

「いずれにしても、これは最悪のなかの最善を狙った場合です。自分の身を守るには護身術を習うのが一番だと思うかもしれませんけど、本当に大切なのは、こういう目に遭わなくて済むように、日頃から防犯意識を高めておくことなのです」

参加者たちが頷いている。暴漢役は片足を引きずりながら持ち場へ戻った。

「では、次に刺股《さすまた》の使い方についてですが……」

池田が二人の前に出て、次の準備を始めた隙に、恵平は牧島に謝った。

「痛かったですか、ごめんなさい」

「痛かったなんてもんじゃねえ、反動で、本気で絞めにかかりそうだったぜ」

牧島は指先でサングラスを持ち上げて、再び暴漢の顔を作った。

「だが、おめえはホントに素早いな。組対の平野も褒めてたが、オツムの回転も早いんだってな。刑事志望か？」

ひそひそ声で聞いてくる。

「いえ……どうなんだろう？」

濃いサングラスの奥で、牧島はキュッと目を細める。

「なんだ、刑事に憧《あこが》れて警視庁に来たんじゃねえのか」

「交通安全教室の女性お巡りさんに憧れて、警察官になったんです」

「はっ」

甘ったるいことを言うと思われたのか、呆《あき》れ顔で牧島は笑った。

池田が大きく振り返る。

「それではまず、実際に刺股を持ってみましょう」

刺股とは、棒の先にU字形の金具をつけた拘束具で、上手く用いれば刃物を持った暴漢に近づくことなく、相手の身体を拘束できる。

「ここへ刺股を持って来て」

「はい」

池田に言われて恵平は、会場の隅に運び入れておいた刺股を取りに走った。


生活安全課のレクチャーを終えたのは正午少し前だった。お疲れ様ランチをご馳走《ちそう》になることもなく、一行はオフィスビルを出て、徒歩で丸の内西署へ戻ってきた。休憩室代わりの応接ブースで各自が取る昼食用のお茶を淹《い》れるのも恵平の役目だ。活動服のまま手を洗い、先輩諸氏にお茶を配るため部屋へ戻ると、ナプキンに手作り弁当を広げて池田が言った。

「ああ、ありがとう。堀北も早くランチ食べな。午後は午後で忙しいから」

池田はお盆のお茶を取り、立ち上がって課長の席へ運んでくれた。

刑事課と比べると、こちらの研修は随分長閑《のどか》だと思う。スケジュールどおりに作業ができて、正午に昼食をとれるので、課長や牧島は仕出し弁当、池田は毎日手作り弁当を持参してくる。飾らない素朴なおかずと、ごはんの真ん中に必ず載っている梅干しと塩昆布が美味《おい》しそうだ。恵平はコンビニで買ったおにぎりとパンである。

「ここへ来る？」

と、池田が席をひとつ空けてくれたので、恵平はコンビニ袋を持ってそこへ座った。

「堀北のメシは炭水化物ばっかりじゃねえか」

牧島が眉《まゆ》をひそめた。

サングラスを外してしまえば、つぶらな瞳《ひとみ》がチャーミングである。

「サラダとかスープとかさ、最近はコンビニでも、色々売ってんだろうがよ」

「はい。でも、パンとおにぎりは常温でも腐りにくいからと思って——」

必要な栄養は、呉服橋《ごふくばし》ガード下にある行きつけの店で補充するから大丈夫、と言いたかったが、黙っておいた。

「——刑事課で研修していたときは、時間通りにお昼を食べられなかったので」

おにぎりふたつにアンパンとジャムパンをテーブルに並べて恵平は言う。

「タンパク質も足りていないね」

そう言って、池田は卵焼きを分けてくれた。

「ありがとうございます！」

四角くて黄色い卵焼きは、砂糖と塩で味付けされた素朴で間違いない味だ。

「おいひい……おいしいれすねーっ」

実家のそれとは少し違うが、しみじみと心温まる味である。

「堀北はホント変な子よねえ」

と、池田が笑う。塩昆布と梅干しも食べたかったですと思いながら、おにぎりのパッケージを剝《む》いていると、ちくわの煮付けを咀嚼《そしやく》しながら池田が訊《き》いた。

「堀北は生活安全特別捜査隊の活動に参加してみる気があるかなあ。向いていると思うんだけどね」

「せいかつあんぜんとくべつそうさたいですか？」

「いいんじゃねえか、堀北ならイケるだろう」

白飯をかき込みながら牧島が頷《うなず》く。

「俺を本気で怒らせやがって、筋はなかなかいいと思うね」

ニヤニヤしながらお茶を飲む。

「はい。なんでもやってみたいです」

「そう？　じゃ、今夜は残業になるから、よろしく」

先輩二人は視線を交わし、もくもくとご飯を食べ出した。

簡素なお昼を食べ終えて、湯飲み茶碗《ぢゃわん》を洗っているとき、早朝に現場へ出掛けて行った平野が戻って、給湯室に顔を出した。

「あ。お疲れ様です」

「よう」

と、ひとこと恵平に返し、冷蔵庫を開けて中を見る。

「あー……そろそろ麦茶を作っておいてくれねえかなあ」

冷蔵庫を閉めてから、独り言のような文句を言った。

「じゃ、去年のがまだ少し残っているから、作っておきます」

湯飲み茶碗を伏せながら言うと、

「去年の～ぅ？」

と、怪訝《けげん》そうな声を出す。

「去年のなんて、飲めるのかよ」

「腐るようなものじゃなし、全然大丈夫ですよ。煮出して麦茶にするんですから」

「そういうもんか？　じゃ、頼んだわ」

そう言って出て行こうとする平野を、恵平は引き留めた。

「平野先輩。どうだったんですか？　その……落ちて亡くなった方っていうのは」

給湯室の入口で、平野は恵平を振り向いた。

「あー……年齢は三十くらいかな。ちょっと特異な風貌《ふうぼう》でさ」

「特異な風貌？」

まさかコスプレイヤーだったのだろうかと思って訊くと、そうではなかった。

「全身穴だらけなんだよ」

恵平の反応を窺《うかが》うように平野が答える。

「……鉄筋の上に落ちたとかですか？」

オカルト映画の一場面のような死に様を想像してしまう。

「バーカ、違うわ。ピアスだ、ピアス。ボディピアスをしてんだよ。眉毛《まゆげ》に耳に鼻に唇、舌に顎《あご》。検視したらヘソにも腕にもピアスだらけの穴だらけでさ。それが太陽にキラキラ光って、不謹慎ながら人間イルミネーションのようだった」

「そんなに……」

「どっか病んでいたのかな。あと、深酒していたことは間違いない。もうすぐ裏へ運んでくるけど、あんな死体は初めてだ。見たら誰だってビックリするよ」

そう聞くと興味があるけれど、ご遺体は興味本位で見るものではない。恵平は被害者の容貌を想像するにとどめた。

「泥酔して事故に遭ったんですね。その人、身元はわかったんですか？　目立つから、知っている人は多いでしょうね」

「身元はすぐにわかったが、引き取り手はなさそうなんだ」

「どうしてですか」

平野は髪を掻《か》き上げた。

「彼は『アナオ』って、そこそこ有名なユーチューバーで、本名は黒田翼《くろだつばさ》と言うんだが。児童養護施設で育ち、十八で施設を出てから住所不定で、名前も、産み捨てられた黒田産婦人科医院の院長が命名したらしい」

「産み捨てられた？」

タオルで手を拭《ふ》きながら、恵平は眉をひそめた。

「黒田産婦人科医院には、当時、コウノトリポストがあったんだ……名字は病院のものので、戸籍上は独り身で、遺族もいない。養護施設に入った時点で病院との縁も切れていたしな」

「そういうご遺体は、どうなるんですか」

「院長も疾《と》うに亡くなって、養護施設も身元引受人じゃないからな。無縁仏か、献体になるかだと思う」

被害者の帰りを待ち望む遺族はいない。恵平は声を失った。

「事件性はない」

と、平野は言った。その場合は事務的に処理されて、警察の手を離れるのも早い。

「パルクールって知ってるか？」

恵平は首を傾げた。

「壁とか階段とかビルの隙間とか、スパイダーマンみたいに飛んだり跳ねたりするやつですか？」

「そ」

平野は手持ち無沙汰《ぶさた》にキョロキョロしている。たぶん喉《のど》が渇いているのだと、恵平は冷蔵庫に入っていたミネラルウォーターをグラスに注いで手渡した。

「さんきゅ」

喉を鳴らしてそれを飲み、手の甲で唇を拭《ぬぐ》って平野は続ける。

「プレイする人をトレーサーと呼ぶんだが、被害者はそれをネットにアップして稼いでいたんだ。そういう流れで深夜の工事現場に侵入し、誤って転落したんだろう」

「真夜中の工事現場でパルクールって、中は真っ暗なんでしょう？」

「現場は真夜中でも真っ暗ではない。防犯目的の明かりがあるし……まあ、光源がないんで撮影はできないと思うんだが、早朝に撮影する気で下見してたのかもしれないな。侵入する様子が防犯カメラに映っていたから」

「落ちるところも映っていたとか？」

「いや。それはないけど、好き放題やってる様子は遠目にあった。ピアスが光ってひと目を惹《ひ》くから不法侵入には不向きだな。本人はカッコよく決めたつもりか知らないが、工事現場はいろいろなものが固定されていないだろ？　怪我しに入っていくようなものだし、そもそも不法侵入だ。バカなことしたよ、まったく」

　水を飲んだグラスを自分で洗い、平野は給湯室を出て行った。桃田の話も聞きたいと思ったが、生活安全課で研修中なので我慢した。課に戻ろうと廊下に出ると、平野が立って待っていた。

「ケッペー、あのさ」

「はい」

平野は何か言いたそうに目を細め、前髪を掻き上げてから、

「やっぱいいや」

と苦笑して、振り向きもせずに行ってしまった。亡くなった男性の遺体が到着するからだろう。恵平は心の中で合掌した。

「堀北ーっ」

生活安全課から池田の呼ぶ声がする。

「はい！」

恵平は首をすくめて、自分の持ち場へ走っていった。


生活安全特別捜査隊は『特捜』と呼ばれ、少年、風俗、経済、環境事件など、各警察署からの応援要請に基づいて捜査をする花形部隊だ。警察官の卵である恵平がいきなり捜査に参加できるはずもなく、この日の夕方、池田に連れられてやってきたのは丸の内西署で最初の研修が行われた東京駅おもて交番だった。

東京駅おもて交番は東京駅丸の内側にちんまりとある。一日で平均九十万人もの乗降者数があるといわれる東京駅は、地方から来た人々も多く利用するので道を訊《たず》ねら

れることが多い。交番内にはスムーズに道案内をするための様々なツールが置かれているが、そもそも恵平には土地勘がなく、案内図やパンフレットを上手に活用することすらできなかった。

あれから数ヶ月。東京駅とその周辺を歩き倒して勉強し、ようやく駅構内の様子が理解できたと思っていたら、膨れ続ける東京駅は今も随所で工事を行い、新たな変化を遂げている。

「お疲れ様です」

研修場所が変われば装備も変わる。現在は比較的身軽な装備の恵平は、ここに来るたび、拳銃《けんじゅう》を貸与されていたときの緊張感を思い出す。

「堀北か。どうだね？　生活安全課の仕事は」

年配の伊倉《いくら》巡査部長が恵平に訊《き》く。

「はい。自分に合ってる気がします」

ちょうど夕飯を食べていた山川《やまかわ》巡査も、バックヤードで慌ててごはんをかっ込んでから表に出てきた。

「堀北、お疲れ。あれ、これから池田とどっかへ行くの？」

小太りで鷹揚《おうよう》な山川巡査は池田巡査部長と同期である。昇任試験に失敗し、池田に一歩先んじられてしまったのだが、仲はいい。

「ちょっと防犯パトロール――」

池田は山川に向かって小首を傾げた。

「――の、正式にはレクチャーね。今日、不審者対応の講習会に堀北を連れて行ったんだけど、うちのベテラン刑事を本気で怒らせる活躍ぶりで」

「ベテラン刑事って誰のこと？　え、牧島さん？　そりゃ堀北……」

山川は「うへへ」と笑った。

「彼に殴られなかったかい？」

「はい。首を絞められそうにはなりましたけど」

それを聞いて伊倉巡査部長も笑った。

「牧島を本気にさせたのなら大したものだ」

「伊倉さんまで、あまり堀北をおだてないでくださいよ」

と、池田は怖い声で言う。

「やる気があるのはいいけれど、私たちの仕事は危険と隣り合わせだからね。周囲から飛び抜けてしまうのは問題なのよ。だから実直な仕事の仕方を教えておかなきゃと思って。これ、すごく大事なことだから」

「ありがとうございます」

恵平は池田に頭を下げた。

「じゃ、行こうか」

交番を出ようとすると、山川が池田を呼び止めた。

「帰りが遅くなると子供たちが困るんじゃ？　今、春休みだよね」

「お祖母《ばあ》ちゃんが泊まりで遊びに来ているの。助かるわ」

一瞬だけ母親の顔に戻って笑い、恵平の前を歩いて行く。

恵平は池田を追いかけた。


春休みや夏休みに繁華街をパトロールするのは、地区有志の防犯ボランティアというケースが一般的だが、住宅街がない丸の内では、警察協力団体が自主防犯活動推進のために立ち上げた『合同パトロール隊』がその役目を負っている。加入企業や大学生ボランティアなどで活動員が組織され、昨年の夏休みには、延べ百名ほどがパトロールをしてくれたという。

「警察協力団体は、丸の内防犯協会と丸の内ビル防犯協会という二つの協会が柱になっていて、双方合わせて一八〇社ほどの企業が加入してるのよ。今日の不審者対応講習会も、これらの企業が音頭をとって開催している」

駅前広場を歩きながら、池田が説明してくれる。

たしかに東京駅界隈《かいわい》は民家がない。どちらを向いてもお洒落《しゃれ》なビルばっかりで、地域住民と呼べる人々を見たことがない。こうした地区では自治会をどうしているのだろうと、恵平は不思議に思っていたのだった。

「企業が協力して街の防犯に努めてるってことなんですね」

「住んでるわけじゃないから温度差はあるけど、ビジネスライクに事が進んで、いい面もあるの。学生ボランティアには、現役警察官の紹介で活動に参加する子たちもいて、そうした中から新しい警察官が生まれたり」

「なるほど」

日が暮れて、東京駅とその周辺に明かりが灯《とも》る。煉瓦《れんが》駅舎がライトに浮かんで、幻想的な光景だ。駅前広場の植栽も光の中に立ち上がり、皇居の森へと行幸《みゆき》通りが延びていく。一〇〇年前に駅を造った人たちが、この光景を見たらどう思うだろう。

「署を上げて大々的に行う防犯キャンペーンは十月だけど、小規模なボランティア活動は年間通してやっているから……堀北、聞いてる？」

「あ。はい、聞いてます」

池田は足を止め、恵平の視線を追った。

「毎朝駅を拝むって、あの話は本当みたいね」

苦笑している。

「拝んでいるわけではなく、挨拶《あいさつ》しているだけなんですけど」

「東京駅がそんなに好き？」

「好きです。初めて見たときから、もうホントに、感動するほど大好きです」

「たしかにきれいな駅だからね」

「それだけじゃなく」

恵平は風を吸い込んだ。

「東京駅を好きな人がたくさんいて、その人たちが駅を残そうとして、実際に駅舎を蘇《よみがえ》らせたという、そのエピソードがいいんです。なんて言ったらいいのかな、過去を抱いて建ってるところがすごいです」

池田はじっと恵平を見て、「はいはい」と肩を叩《たた》いた。

「堀北同様、駅舎目当ての観光客も増えたから、しっかりパトロールしないとね」

防犯パトロールで重要なのは、パトロールする人がいると周知することだと池田は言う。よって、パトロール隊には腕章や襷《たすき》、原色のジャンパーなど目立つ服装を奨励し、挨拶などの声かけをしてもらう。不審者や不審車両を見かけたときは個別に対応せずにメモに残して警察への報告を求める。ボランティアが決して危険な目に遭うことがないよう指導する必要があるという。

「一番大切なのは長く続けることだけど、これがなかなか難しくてね。結成した当初は盛り上がっても、張り切り過ぎたり活動に入れ込みすぎたりしちゃうと、温度差ができて熱が冷めちゃう。無理なく楽しく続けていけるのが一番いいんだけど……」

夕暮れの駅前広場には、夜景を撮る外国人観光客や、飲み会の待ち合わせをする女性たちや、サラリーマンの姿があった。若いカップルに、旅行バッグを提げた老夫婦、アジア系の家族旅行者、若者のグループも多くいる。

「私たち警察官が現場へ行って、パトロール隊をねぎらうのも大切なことなの。モチベーションがアップするから。ただ、本物の警察官が行くと、けっこうね、色々要求されちゃうこともあるけれど」

池田は笑った。警察官然とした厳《いか》めしさが消え、PTAのお母さんという顔になる。

「要求って、例えばどんなことですか？」

「どこそこの信号は青の時間が短いからなんとかならないか、とかね。こっちではどうにもならないことが多いかな。どこそこの暗がりや死角は防犯上あまりよろしくない、というような話だったら、参考になるんだけどね」

「そういう場合はどうするんですか？」

「現場を確認して、対応できるようなら協会に連絡するのがいいわね。ここは企業が加入する協会だから、そのあたりは話が早いよ。パトロール隊のおかげで新しく外灯が設置されたり、空間整備された場所も多いの。ビルの地主だって犯罪なんか起きないほうがいいんだし」

池田の話は理解しやすい。交番のお巡りさんに鑑識の手伝いと、研修を重ねてきたが、恵平は、初めて実生活に密着した警察の仕事に携わっているという実感を持った。生活安全課の業務は、恵平が抱く女性警察官のイメージに一番近いかもしれない。

有楽町《ゆうらくちょう》方面へ向かって歩き、内幸町《うちさいわいちょう》の交番へも顔を出してから、道を一本跨《また》いで日比谷《ひびや》公園のほうへ行く。春休みのせいか、思ったより大勢の若い子たちとすれ違う。

「こんばんは。これから夕飯？　気をつけてね」

ランダムに声をかけながら、池田は若者たちの様子を見ている。コンビニの場所を訊《き》かれたり、自分の現在地を訊《たず》ねたりする人もいる。うっかりビルの地下へ迷い込み、想像もつかない場所に出てしまうことがあるからだ。ときおりは建物に入ってロビーを通過し、警備員たちに会釈する。防犯パトロール隊とは二度ほどすれ違い、お疲れ様ですと敬礼をした。植え込みに食べ歩きのゴミを捨てようとしていた若者が、恵平たちに気付いて姿勢を正す。

「この先を曲がったところにゴミ箱があるから」

池田はにこやかにそう告げて、若者たちを行かせてから、

「持ち帰ろうという考えは、最初からないんだなあ」

と、ため息を吐く。

「捨てて現行犯なら教育的指導もできるんだけど、ま、仕方がないね」

池田の様子を見ていると、にこやかに声かけをした相手の奥へ常に視線が動いている。手前にターゲットを置いて声をかけ、その奥の人物を観察するのだ。ここに警察官がいますよと知らせておいて、本当に動向を知りたい相手を奥に見る。

肝っ玉母さん警察官は、細やかながらも素早い観察眼の持ち主だ。

「池田巡査部長は、挨拶する瞬間にいろんなものを見てるんですね」

「そうよ。わかった？」

と、池田は微《かす》かに笑った。

「後ろめたいことがある人は咄嗟《とっさ》の挙動がおかしくなるから。その間《かん》コンマ何秒だけ

ど、慣れれば堀北にも感覚がわかるよ」

「はい」

恵平は頷《うなず》いた。今夜は池田の目視《もくし》の仕方をトコトン学ばせてもらおうと思う。日比谷公園から皇居のお濠《ほり》に沿って再び駅へ。行幸通りを突っ切ろうというときに、歩道のベンチでたむろしている少女たちを見た。

「堀北。あれはあんたが声かけて」

池田に言われて恵平が先を行く。

「こんばんはー」

軽い感じで挨拶すると、三人の少女は振り向いた。中学生くらいだろうか。頑張ってお洒落をしているが、一人以外は身の丈に合っていなくて仮装のようだ。

「こんばんは」

と、誰かが応《こた》え、全員で頭をさげた。街路樹の下にベンチがあって、一人が蒼白《そうはく》になって腰掛けている。顔を歪《ゆが》めてこちらを見上げた。

「え、どうしたの？　お腹痛くなっちゃった？」

池田も近くへ寄ってきた。ベンチの少女は唇を嚙《か》む。

「この子、生理になっちゃって……」

近くに立って友人が言う。恵平はベンチの前に跪《ひざまず》いた。

「大丈夫？」

訊くと少女は俯《うつむ》いた。スカートから突き出た足に血液を拭《ぬぐ》った跡がある。最も近いトイレは背後のビルの地階にあり、最も近いコンビニは、郵船ビルの一階だ。

「生理用品、持ってないの？」

「今、友だちがコンビニへ買いに行ってるんです」

そう聞くそばから少女が二人、駆け戻って来た。警察官がいるのを見ると、

「こんばんは」と頭を下げる。

「買ってきたのはナプキンだけ？」

池田が訊くと、「そうです」と答えた。この年代だと、コンビニで生理用品を買うことすら恥ずかしかったことだろう。隠すように袋を握りしめている。

「みんなどこから来たの？」

「町田《まちだ》です。帰ろうと思って駅へ行く途中だったんですけど」

「町田かー。それじゃ、まだ一時間も電車に揺られて行くわけね」

池田は腰に手を当てた。

座った少女は両腕で下腹部を抱え込んでいる。リップクリームはグラデーションで、

清楚《せいそ》な桜色のセーターと白いスカートがよく似合う。せっかくお洒落《しゃれ》したのにスカートを汚してしまって、どうしようかと困惑しているようだった。

「大丈夫だからね」

池田は少女を安心させるように優しく言うと、

「堀北、着替えを買ってきてあげて。あたしはビルのトイレを借りているから」

財布から五千円を抜き出して恵平に渡した。

「わかりました」

それを摑《つか》んで恵平は駆ける。ここからだと駅の地下街がもっとも近い。駅周辺を歩き倒したおかげで、今では抜け道などの最短コースを見極める目にも自信がついた。身体能力が高いこともあり、最寄りのビルから格安洋品店へ、恵平はすぐさま辿《たど》り着く。特別意識してこなかったのだが、どの場所のどの店に行けば何が手に入るのか、恵平の頭の中にはいつの間にか地図ができていて、必要なものを用意するのは早かった。下着と濡《ぬ》れティッシュと濃い色の激安スカートを一枚買って、ダッシュで戻ってトイレへ行くと、他の少女たちがロビーで待っているのが見えた。

買い物の封を切り、購入してきた品をドアの隙間から差し入れる。そうしておいて恵平は、ロビーで他の少女たちの話し相手をした。彼女たちはやはり中学生で、都内にあるスイーツバイキングの店へ遊びに来た帰りだという。

「お姉さんも警察官なんですよね？」

一人が不思議そうに恵平を見上げた。

「そうよ」

よほど頼りなく見えたのか、それとも若く見えるのか、少女たちは顔を見合わせてクスクス笑う。恵平は頭を掻《か》いた。

「と、言っても研修中で……」

研修中の意味はわかるだろうかと考える。

「警察官の卵で、勉強中よ」

「でも、拳銃《けんじゅう》とかも撃っちゃうんでしょ」

「それも含めて勉強中」

カッコいい、と誰かが言った。大人びて真面目そうな子が一人いて、メガネにちょいと指を添え、恵平を見上げて訊いた。

「友だちにお洋服とか買ってもらったお金は、どうすれば？」

金を出したのは恵平ではなく池田だが、まだトイレから出てこない。

恵平はポケットをまさぐってメモ用紙を取りだした。そこに名前と署の電話番号、帰宅途中でトラブルがあった場合を考えて、自分の携帯番号も書いた。

「私たちは丸の内西署の生活安全課に勤務しているの。何かあったら連絡して」

堀北恵平という名前を見ると、メガネの少女は小首を傾げた。

「私の名前は恵平と言うの。『けいへい』と書いて『けっぺい』と読むのよ」

「けっぺいですか？」

一様に不思議そうな顔をする。

「男の子みたいな名前だけど、覚えやすいでしょ」

「……変なの」

一人が言って、みんなで笑った。

「子供の頃に虐《いじ》められたりしませんでしたか？」

「したわよ」

と、恵平はすまして答えた。

「男の子と間違えられたり、からかわれたり、しょっちゅうよ」

「厭《いや》じゃなかったんですか？」

恵平は、ちょっと考える顔をした。

「厭だったよ？　『けぺけぺケッペー、ケッペっぺー』とか、変な歌まで作られちゃったし。でも、ずっと厭だったわけでもないかな」

どういう意味かと、少女たちは表情で訊《き》く。恵平はニッコリ笑った。

「いじめっ子には仕返ししたから、結局仲良くなれたよね」

「仕返しって、どんな？」

「どんなって」

眉《まゆ》をひそめて宙を睨《にら》んだ。

「バケツの水をぶっかけたりとか、取っ組み合いも。小学校の裏にPTAのお父さんたちが作った土俵があって、ケンカはそこで、お相撲で決着をつける決まりがあったの。決闘の時は運動着にまわしを着けて、女の子も四股《しこ》を踏むのよ」

「ウソ、マジ、ダサい」

「昭和っぽい」

「動画配信したら人気が出そう」

少女たちは口々に好きなことを言った。

「田舎だったし、動画配信の発想はなかったな。あなたたち動画はよく観るの？　ユーチューブとか」

「観ます。大好き」

「どういうのを観るの？」

少女たちは視線を交わした。

「ゲーム実況。あとはメイクや、ゲーマーのライブ配信」

「ユーモア系？　動物とか」

「動物いいよね！」

十代だった頃の自分は随分遠くへ行ってしまったと恵平は感じた。もしも警察官になっていなかったら、自分も空き時間の多くをネット配信の視聴に費やしていたのだろうか。

「お姉さんは何を観ますか？」

「残念ながら今は観ている時間がないの。毎日が期末テストの前夜みたいよ」

「警察官って大変ですね」

メガネ少女はそう言うと、恵平のメモを丁寧に畳んでポケットに入れた。

その時、池田たちがトイレから出てきた。当該少女は恵平が買った黒いスカートに穿《は》き替えている。思った通り、細かなチェック模様が桜色のセーターによく似合う。

「お待たせ。もう大丈夫よ」

貫禄《かんろく》のある池田が出てくると、少女たちは緊張して一列に並んだ。

「ありがとうございました」

メガネ少女がそう言って、それぞれに頭を下げてくる。

「……ありがとう」

当該少女も小さな声で礼を言う。顔色は悪いが、安心したのか笑顔を見せた。

「池田巡査部長。洋服代はどうすればいいかと訊かれたもので――」

恵平は池田に向かって声を潜めた。

「――私の名前で電話番号を渡しました」

「余計なことしなくていいのに……渡しちゃったの？」

池田が眉間《みけん》に縦皺《たてじわ》を刻む。恵平は「はい」と答えた。

「家が遠いし、途中で何かあったら不安と思って」

「それほど遠いわけじゃない。心配しすぎよ」

呆《あき》れたように首を回して少女たちを振り返る。

「洋服代は心配しなくて結構よ。今日のところは、おばさんのお節介ということにしておきましょう。もう暗いし、真っ直ぐ家に帰ること。わかった？」

「はい」

少女たちは頷《うなず》いた。

都会の夜は長いのだ。子供たちは日頃から塾通いをしていて、暗くなってからの帰宅に慣れている。恵平が育った田舎では、日が暮れてしまえば真っ暗で、不審者よりもオバケのほうが怖かった。

二人で、足取り軽く地下道へ消えていく中学生らを見送った。都会の夜は明るくて、大勢の人が行き来して、オバケは出そうにないけれど、ここでは人が一番怖い。

子供たちが自在に夜を行き来する街をさらに歩いて、恵平と池田は丸の内西署へ戻っていった。

第二章　ＳＯＳ

同じ頃。丸の内西署組織犯罪対策課の駆け出し刑事平野は、喫茶コーナーでコーヒーを二つ買い、鑑識の部屋へ向かっていた。

ノックをすると、「はい？」と伊藤《いとう》の声がした。

伊藤はベテラン鑑識官で、その仕事には絶大な信用がある。中肉中背でがっちりとした体つき、気難しそうな強面《こわもて》ながら、小さくて丸い目と、やや伸び加減になった五分刈り頭が、昔流《は》行《や》ったモンチッチというキャラクターに似ていると、恵平が平野にコッソリ言ったことがある。

「失礼します」

コーヒーを手にしてドアを開けると、伊藤は帰り支度をしているところだった。

「おう、平野か」

と顔を向け、平野が手にするコーヒーを見た。

「なんだ、どうした？」

ひとつ差し出して平野が言う。

「お疲れのところをすみません。ちょっと訊きたいことがあって」

「ん？　今朝のホトケさんのことか？　あれは事故死で決着したろ？」

「別件です。くだらない話なんですが……いいですか？」

部屋には個人のデスクとは別に証拠品を置く台がある。汚染や感染を防ぐため、作業スペースから離れた場所に置かれている。パッケージされた証拠品はこの台に置き、収納箱から取り出して、その都度作業スペースへ運ぶのだ。伊藤はコーヒーを受け取ると、証拠品の台の近くへ自分の椅子を引いてきた。一口飲んで平野を見上げる。

平野は台にちょいと尻《しり》を載せ、長い足を組んで小首を傾げた。

「……都市伝説のことですが」

「都市伝説ぅ？」

伊藤は怪訝《けげん》な声を出し、上唇についたコーヒーを拭《ぬぐ》った。

「いや……あの、ほら、伊藤さん、前に言ってたじゃないですか。警視庁のＯＢが集まると、幻の交番の話が出るって」

「怪談話に興味あるってか」

伊藤は笑う。

「それって怪談なんすかね」

真面目に訊《き》くと、さらに怪訝そうな顔をした。

「そういや、おまえもその交番へ行ったことがあると言ってなかったか？　堀北と一緒に」

「はい。しかも一度だけじゃないんです。前回帳場が立った時にも、その前も、昭和な感じの交番で、柏村って年寄りの警察官に会ってるんです」

伊藤は眉間の皺をさらに深めた。

「ありゃ本当の話かよ。俺はてっきり、誰かの話を面白可笑《おか》しくしただけかと」

「本当ですよ。俺はその手の冗談が好きじゃないんで。真面目な話です」

「堀北も行ったのか」

「もともと俺よりケッペーが先なんですよ。あいつは路地や隙間や地下道や、変な道ばっかり好んで通るじゃないですか。偶然落とし物を拾って届けたのが例の交番だったって言うんですよね」

「ホントに幻の交番か？」

「はい。どこの所轄の、なに交番かわからないっていうんで、調べてみたけど見当たらなくて……資料を探しにポリスミュージアムへ行ったら、顕彰コーナーに柏村って警察官の遺影があって、昭和三十五年の人質立てこもり事件で殉職していたと知ったんです」

「俺をからかってるわけじゃないよな？」

滅相もないと平野は頭《かぶり》を振った。

「伊藤さんが自分で俺に言ったんですよ？　その交番は、警視庁の伝説みたいなものだって」

カチ、コチ、カチ、と、壁に掛かった旧式時計の秒針が動く。伊藤がコーヒーを飲む音が、グビリと低く平野に聞こえた。

「伊藤さんの知り合いも、あそこを知ってるって話でしたよね？　警察を辞めようと悩んでいたとき、幻の交番でお茶をもらって、辞めるのをやめたって」

伊藤は黙って頷いた。その目は平野ではなく、台を見ている。

「その人、それからどうなったんですか」

「どうなったって」

「二十年近く前に亡くなったと言ってましたが、それって交番へ行ってすぐですか？事故とか、凶悪事件に巻き込まれて？」

「いや」

伊藤はまたもコーヒーを飲み、平野ではなく宙を見た。

「やつはそのあと異動願いを出して、運転免許試験場に配属されたんだがな……翌年の春だったか、健康診断にひっかかって、検査をしたら末期のガンで」

二ヶ月も経たずに死んでしまったと伊藤は言った。

「下の子がまだ小さくってな。奥さんが可哀想だったよ」

「……不慮の事故ってわけでもないのか」

「膵臓《すいぞう》ガンだ。わかったときは手遅れで……なんだ？　話ってのはそのことか」

平野は髪を掻《か》き上げた。

「幻の交番へ行くと、一年以内に死ぬって噂を聞いたので」

「誰がそんなことを言ったんだ？」

「ケッペーが好きな焼き鳥屋、知ってます？『ダミちゃん』っていう」

「呉服橋のガード下にある店だろ。犯人逮捕に協力した件で、去年、そこの大将とオネエ二人に感謝状を出したじゃないか」

「そうです。その大将の伯父《おじ》さんが『ひよこ』ってスナックのマスターで、五十年も店をやっているんで、何か知っているんじゃないかと思って訊いたら、有名な話だと」

伊藤はポカンと口を開けた。

「そんな噂が気になるってか。自分も一年以内に死ぬんじゃねえかと？」

平野は困った顔をした。

「伊藤さん。俺の話を信じてませんね？」

「当たり前だろ、噂は噂だ。警視庁のOBが酒の席で盛り上がるための話だよ」

「いや。でも俺たちは、現にその交番で柏村ってお巡りと会ってんですよ。ケッペーと二人で」

伊藤は「はっ」と声を出して笑った。

「どうせ、したたかに酔っ払っていたんだろ？　東京にゃ、古い交番なんていくつも残っているじゃないか。大方その中のどこかへ行って、お巡りの格好した人に会ったんだよ。建物が自治会に払い下げられてんだから、交番に人がいたって不思議はないさ。それがオバケの正体で、幻の交番の真相だ。気にするな」

「でも、ポリスミュージアムで柏村さんの遺影を──」

言いかけて平野はため息を吐いた。

「──んじゃ、あれですか？　暴漢に襲撃されて命を落とした警視総監殿も幻の交番を知っていて、調べさせてたって話も眉唾《まゆつば》ですか？　あと、そこへ行った警察官が事故処理中に死んだとか」

「まあ、話は色々あるようだがな……警察ってところはさ……」

伊藤はその先を言わないで、耳の後ろをポリポリ掻いた。

「俺は実際に行ってみたからわかるんですけど、幻や勘違いとは思えないんです。お茶もらって、過去の捜査の話を聞いたり……大昔に起きた事件ですよ？　その捜査状況をつぶさに語って聞かされたんです」

平野は身を乗り出した。

「酔っ払って幻を見たわけじゃない。去年の暮れは素面《しらふ》のままで行ったんですから」

「どうやって行ったんだ」

伊藤が訊いた。

「どうやってというか、同じ道を通れば必ず行けるってわけでもなくて……だから、そこが謎なんですが」

「どの道を通って行ったのかって訊いてんだよ」

「東京国際フォーラムの近くに、古くて汚い地下道があるじゃないですか」

「あそこか……知ってる」

「入ったら、真っ直ぐ行って、地上へ出ると、目の前に交番があるんです」

伊藤は腕組みをして首を傾げた。

「うむ……あいつの話と一致するところも、あるにはあるな」

「え」

「うん。やつの場合は浅草の地下道だったが、やっぱり古くて汚くて、素面じゃ下りるのもためらわれるような道だったと言っていた。一瞬、自分は今どの時代にいるのかと疑いたくなったって」

「じゃ、あそこ以外にも、うら交番へ行く道があるってことですか」

「そもそも警視総監殿が丸の内あたりから地下道へ入るとは考えられんじゃないか」

「言われてみれば、そうですね」

「あのな……平野」

伊藤はジロリと平野を睨《にら》んだ。

「おまえもわかっているとは思うが、刑務所や警察署ってところはな、実は怪談の宝庫なんだよ。幻の交番に限らず妙な話はゴロゴロしている。たとえばさ、落ちない殺人犯は、殺害現場近くの署へ移送して独居房に入れるって話を知ってるか？」

「移送して？　いえ」

伊藤はギョロリと目を剝《む》いた。

「俺は警察官になったばかりの頃に留置係をやったんだがな。女性六人を殺した罪で勾留《こうりゅう》中の被疑者が移送されたことがあったんだ。事前に連絡があって、刑事が二人、移送前に留置場を下見にきてさ、その時はよくわからなかったが」

「何をしに来たんですか？」

「うん……当時、俺のいた留置所は新館が建ったばかりだったんだが、被疑者はなぜか、取り壊し予定の旧館に留置されると先輩が言うんだよ。古いほうの建物は、部屋の低い位置に窓があるんだが、二人の刑事はその窓を、全房確認していったんだ」

平野は黙って首を傾げた。伊藤は続ける。

「刑事が帰ると、何番の房に被疑者を入れることになったと先輩は言った。俺と先輩が二人して、旧館で監視に当たるとさ」

当時のことを思い出すように、伊藤はゆっくりコーヒーを飲んだ。

「建物には、なんというか、気配みたいなものが残るんだ。特に、人がいなくなった建物はそれを感じる。房にはシミとか、爪痕《つめあと》とか、天井の四隅の暗さとか……まあ、あれだ。たぶんここもそうだろうが、無人になると、普段気がつかない気配が濃厚になって、前に出てくる。誰もいない建物に俺と先輩と被疑者だけがいるなんて、ちょっと想像つかんだろうが」

「気味悪そうですね」

と、平野が言うと、伊藤はニヤリと嗤《わら》った。

「被疑者が来る日、先輩がこう言った。『どうしても落ちないらしい。世間話には応じるが、事件のことは黙秘する。ふてぶてしさは一級品で、喋《しゃべ》らなきゃどうにもできないとわかってるような態度らしいや』。事件のことは知ってたが、俺には先輩が何を言っているのか、まったくピンとこなかった。ただ、か弱い女ばかり六人も殺したなんて、とんでもねえクソ野郎だとは思ったよ」

「実際はどんなヤツだったんですか」

「クソ野郎だった」

伊藤は笑った。

「当日は、刑事が二人付き添ってきた。一人は若くておまえくらい、もう一人は河島班長ぐらいだったな。房に来て、窓の向こうの景色について被疑者に話した」

「窓の向こうの景色って、なんですか？」

「有刺鉄線越しに森が見えたんだ。畑の奥が鎮守の森で、でっかい藪《やぶ》がザワザワ揺れるのが窓から見える。刑事はふたこと三言被疑者と話し、ヤツを置いて出ていった」

「どういうことです？」

それが柏村の交番と、どう関係してくるのかと平野は思った。

「まあ聞け。監視の仕方もちょっと違っていたんだよ。通常は、被疑者の様子がよく見えるような場所で監視するだろ？　もちろん監視用の机は房を見渡す場所にある。ところが、夜になったら席を外せと、先輩が俺に言うんだ」

「席を外せ？」

伊藤は頷《うなず》く。

「正確には、被疑者から見えない場所へ移動しろということだ。取り壊し寸前の建物に、ヤツがたった独りでいるような演出をしろってことだわな。演出なんかしなくても無人の建物は薄気味悪い。明かりもろくに点《つ》いちゃいないし、床には引っ越しのゴミが散乱している。水道は締まりが悪くて、一晩中ピタピタと水の音がする。あまりに静かすぎるから、先輩がトイレで水を流す音でギョッとするんだ」

「オバケ屋敷じゃないですか」

本物のな。と、伊藤は笑った。

「夜中のことだ。房の廊下で死臭を嗅《か》いだ」

ゾッとするような声で言うので、平野は「またまた」といなしたが、まんざら冗談でもなかったらしく、伊藤は表情を変えなかった。

「気のせいかと思ったんだが……しばらくすると被疑者がうなされ出したんだ。先輩は定年間近の爺《じい》さんだったが、鼻が悪いのか平気な顔だ。被疑者に聞こえないくらい小さい声で、臭くないですか？　と訊《き》いてみたんだが、薄目を開けただけだったから、俺も二度は訊《たず》ねなかった」

「ホントに死臭ですか？　先輩の屁《へ》じゃ」

「嗅いだことがあるだろ？　あれをどうやって屁と間違えるんだ」

「そりゃまあ、そうですが」

「死臭だよ。それも、検土杖《けんどじょう》で突いたときに吹き出すやつ。その臭いだよ。間違いねえ。そのうち被疑者は叫び始めた。大声で俺たちを呼ぶんだよ。看守！　看守！　どこにいるんだと」

平野は無言で眉《まゆ》をひそめる。

「異常が起きたと思って行こうとすると、先輩が腕を摑《つか》んで止めた。なぜなのか俺にはサッパリわからなかったが、『いいんだよ』と言って、すましてる。それで俺も机に座り、被疑者が呼ぶのを聞いていた」

「問題じゃないですか」

「当時は監視カメラなんてなかったし、あったとしても取り壊し予定の建物じゃ、動いてなくて当然だ。残っていたのはコンクリートと鉄格子、あとはガラクタとゴミだけだしな」

「それで？　被疑者はどうなったんですか」

「どうも」

　と、伊藤はすまして言った。

「夜明けに様子を見に行くと、鉄格子の前で眠っていたが、顔色はすこぶる悪かった。目覚めると俺たちを罵《ののし》った。職務怠慢だの、急病になったらどうするつもりだ、訴えてやるなどと騒いでいたが、先輩は平気の平《へい》ちゃんだったよ。ヤツから見えなかっただけで、俺たちはそばにいたんだからな。翌晩は交替したが、やっぱり同じ様子だったらしい。そのまた次の日になると、被疑者の顔には隈《くま》ができ、めくぼが落ちて凄《すさ》まじい形相になっていた。食事も喉《のど》を通らないらしく、鉄格子にへばりつくようにしていたが、夕方、窓の向こうが暗くなっていくのを見ると、泣きながら『刑事を呼んでくれ』と頼んできた」

　平野はなにも言わなかったが、視線で先を促した。伊藤は言った。

「そして自白したんだよ。六件の婦女暴行殺人ほか、新たに二件を自供した。捜査本部は被疑者立ち会いのもと捜索し、新たに白骨二体を発見したんだ。房の窓から見えた鎮守の森で」

「ヤベえ……鳥肌が立ちましたよ」

平野は自分の腕をさすった。

「その森では三人の死体が見つかっていたんだが、さらに二人がバラバラにして埋められていた。あとで話に聞いたんだが、捜査本部が被疑者の周囲を洗ったときに、同一犯の犯行と思《おぼ》しき女性失踪《しっそう》事件を把握していたそうだ。初めの遺体は被疑者の実家に埋めていたんだが、徐々にずさんになって、終わり三件は鎮守の森に、埋めもしないで遺棄されていた。そもそも事件発覚は、遺体の一部を近所の飼い犬が咥《くわ》えて戻ったことだ。犯人は逮捕されても頑として口を割らず、捜査員は一計を案じて被疑者が死体を遺棄した森が見える留置所に連れて来たというわけだ」

「そいつが夜中に騒いだのは、幽霊を見たからですか？　伊藤さんが死臭を嗅いだ真夜中に」

「わからんが、ほかの見張りも嗅いだと言った。先輩の話では、そういうのは昔からよく使われる手だそうだ。どんなに図太い犯人でも、罪を犯した場所に留置すると、殺した相手が責めに来て、恐怖で眠れず、憔悴《しょうすい》し、自白する。何でも話すから出してくれと泣いて頼む者もいるそうだ」

「だから独りにしたってわけか」

「そういうことだ。人間というのは案外脆《もろ》い。人殺しは臆病者《おくびょうもの》が多かったりもする。非力な相手を狙う野郎は自分を利口で大胆で捕まらないと思っているが、俺に言わせりゃ現実と向き合う勇気がないんだな。どす黒い欲望は誰にもあるが、結果を考えるからやらないだけだ。ところが馬鹿野郎ってのは、人がしないことを自分がしたというだけで、特別だと思い込みたがる。そこにしか価値を見出《みいだ》せないからだ。哀れなもんだ。したことに向き合わないから平気なだけで、強制的に向き合わされれば、恐怖でボロボロになっちまう」

真夜中の独房で犯人は何を見たのか、平野はそれを考えていた。罪悪感や恐怖が生んだ幻だったなら、伊藤はなぜ死臭を嗅いだのだろう。

「ほかにも、夢枕に立った被害者に死体の埋めてある場所を教えてもらったとか、写り込むはずのない車両や人影がオービスに写っていたなんて話もある。怪しい証拠品は本庁の保管庫へ送られるとかな」

平野はため息を吐いて肩を落とした。

「結局、うら交番の謎は、謎のままってことですかね」

「俺たちは、民間人なら決して覗《のぞ》くことのない悪意を見る。殺人現場や変死体、孤独死や遺族の激情、詐欺、暴力、無責任……反吐《へど》が出るような現状を誰が好き好んで見たいと思うよ？　俺に言わせりゃ日々の事件がすでにホラーで、幽霊がいる交番なんぞ、かわいいほうだと思うがね」

「でも否定はしないんですね」

「さっきも言ったが、都内には『いつの時代だ？』と思うような場所があるからな。留置所の旧館もそうだが、なんつぅか、ああいう場所で人知の及ばん現象が起きることと自体は否定しないさ。堀北の大好きな東京駅にだって、一般人の知らない遺構が隠されているわけだしな」

「なら伊藤さん、今度一緒にうら交番へ行ってみてくれませんか？」

　平野が訊くと、伊藤は「やだよ」と即答した。

「行くと死ぬんだろ？　一年以内に」

「マジすか、酷《ひで》えな」

　ははは、と伊藤は声を上げて笑った。

「冗談はさておき、俺にアドバイスできるとしたら、二度とその交番を探さんほうがいいってことだよ。おまえや堀北がどうにかなると言う気はないが、『言い当てる』ってこともある」

「なんですか、言い当てるって」

「不吉な話は不吉を呼ぶってことだ。おまえは若いから知らないかもしれんが、不幸や死を面白がって話題にしていると、本当にそうなると言われるんだよ」

「やなこと言うなあ」

「訊くからだろ」

　空のカップを握りつぶすと、伊藤はそれをゴミ箱に放り込んだ。立ち上がって、

「帰らないのか？」

　と平野に訊いた。

「そうしたいですが、当番です」

「そうか。じゃ、今日の報告書をまとめるんだな」

　ドアを開け、部屋の電気を消した。

「ですね。すみません、変なことに付き合わしちゃって」

　平野の腕に一瞬手を置き、伊藤は更衣室へ去って行った。

　――不吉な話は不吉を呼ぶ――

　ドアに背中を預けたままで、平野はコーヒーを飲み干した。幽霊話から最も遠いところにありそうな警察が、実は怪談の宝庫だったとは。

「……だよな……」

平野は髪を掻《か》き上げて、カップを捨てるために自販機コーナーへ向かった。

「あれ、平野先輩、お疲れ様です」

平野がそこへやって来たとき、恵平は自販機で麦茶を買っていた。防犯パトロールから戻ったばかりで、制服姿だ。

「よう」

と平野はゴミを捨て、何か言いたげに立っている。

恵平はペットボトルのキャップを外し、ゴクゴクと麦茶を飲んだ。

「すごい飲みっぷりだな」

「はい。もう喉が渇いちゃって。防犯パトロールに出てたので」

「これからメシか？『ダミちゃん』か？」

「そうです、お腹もペコペコで。先輩も一緒に行きますか？」

「どうするかなあ」

平野は時間を確認した。

時刻は午後十時前。ダミちゃんの閉店まで三十分程度しかない。

「やっぱやめとくわ。当番だしな、あそこは勝手に酒が出るから」

「たしかに」

と、恵平は笑った。

「ケッペー。ちょっといいか？　柏村さんのことなんだけど」

平野は難しい顔になっている。

「はい。なんですか」

「暮れに交番へ行ったとき、どっかから入電があって、そのことをずっと気にしていたよな」

「はい」

恵平も真剣な表情になる。

「調べてみたら……」

「本当ですか？　私もネットで調べたけれど、よくわからなかったです」

だよな、と平野は頷《うなず》いた。

「昭和の資料はデジタル化が進んでいないものが多くて、俺はピーチに手伝ってもらったんだ。そうしたら、警視庁の事件ファイルではなく、PDF保存された昔の新聞でヒットしたのが」

「あったんですか？　あのとき応援要請があった事件」

平野は捜査手帳を出して、後ろのほうのページを開いた。うら交番に関する情報は、通常のメモとは別に余白へ書き込んでいるようだ。

「昭和三十三年の春、日本橋署管内で『警察官バラバラ殺人事件』が起きていた。その第一報が、『本石町日本橋川の中州に腹部から上の胴体が流れ着いた』というものだ」

――日本橋警察署から応援要請だ。本石町付近の日本橋川から男性の部分遺体が見つかったそうだ。きみたちも急げ！――

あの時の柏村の声が頭に響く。状況からして同じ事件のように思える。

「あれって……警察官のバラバラ殺人だったんですか？」

恵平は声を潜めた。この時間は署内に民間人の姿がないが、夜中になれば、酔っ払いや不審者や、文句をつけに日参してくる人で賑《にぎ》やかになる。平和な署内で警察官の不幸について話すのは憚《はばか》られる気がしたのであった。

「疑問が解けたら、満足しろよ？」

平野も同じように声を潜めた。心なしか険しい表情だ。

「被害者は古賀《こが》誠一郎《せいいちろう》十八歳。警察官になったばかりだったらしい」

「十八歳」

自分よりも若い被害者に、恵平は眉《まゆ》をひそめた。警察官になったばかりの青年が、どうして、それほどまで凄惨《せいさん》な目に遭わなければならなかったのだろう。

「私たち、その瞬間に居合わせたってことなんでしょうか……」

ミルク色をした朝靄《あさもや》のなか、古い自転車をこいでいく柏村の背中を思い出す。昭和三十三年の春。早朝。恵平と平野はその場所にいた。幻と呼ばれる東京駅うら交番で柏村と会っていた。都市伝説などではなくて、二人で確かにそこにいたのだ。きみたちも急げ！　と柏村は言い、自転車に乗って出ていった。

「あれが昭和三十三年だったなら、柏村さんが殉職するまで二年しかないですよ」

「そこかよ」

と、平野は眉尻を下げた。

「おまえさ、まるっと素直に受け入れすぎじゃね？　こういうリアルな話を聞いて、頭が混乱するとか、ないのかよ」

「混乱は……あまりないです。不思議だなとは思うけど」

平野は苦笑まじりにため息を吐いた。幻の交番へ行った者は一年以内に死ぬという話を、恵平にはまだ伝えていないのだ。

「あ」

突然恵平は声を上げ、ポケットに手を突っ込んだ。

「今度は何だよ」

「すみません、電話です」

スマホを出して画面を見ると、固定電話から発信されているようだった。

「誰だろう?」と、呟《つぶや》きながら耳に当て、

「こちら堀北ですが。え? ああ、もちろんわかるわよ」

平野に向かって声を潜める。

「防犯パトロール中に会った子です。町田から来た女子中学生の……どうしたの? 何かあったの?」

落ち着いた声から察するに、メガネを掛けていた女の子だろうと恵平は思った。

——今、大丈夫ですか?——

と、少女は訊《き》いた。

平野は「じゃあな」と片手を挙げて、刑事課のブースへ去って行った。

「大丈夫よ。どうしたの?」

洋服代はお節介ということで決着がついたはずだけど、その後にまた少女たちだけで話し合って、何か進展があったのだろうか。

「生理になった友だち……」

相手は少し言い淀《よど》む。

「ああ、うん。大丈夫だった？　驚いちゃったよね」

「……死んじゃったん……です」

少女は突然泣きだした。

「ええっ」

思わず大きな声が出て、恵平は口を押さえた。署内は大部屋をロッカーや棚で区切っているので、廊下とはいえ、腰の高さの棚の向こうにまだ職員がいる。書類業務をしていた一人が顔を上げたので、恵平は愛想笑いで廊下を進み、喫茶コーナーの隅まで行った。なぜ？　どうして？　嘘でしょう。

「ウソでしょ、どうして……え……いま？」

泣きじゃくりながら少女は答える。

「救急車を……呼んだけ……ダメだったって」

「本当に亡くなったの？　どうして？」

返事がない。メガネ少女が泣きながら頭を振る様子が脳裏に浮かんだ。恵平は彼女が落ち着くのを待った。

「駅でみんなと別れた後……トイレから出てこなくなって」

嘘でしょう？　なんで。どうして。

「まさか、出血のせい？」

「……そ……」

そして少女は泣きじゃくる。手当に付き合ったのは池田だが、生理には個人差があるし、緊急性は感じなかったはずだと思う。いや、でも、もっと注意していたら……頭を金槌《かなづち》で殴られたような気がする。

「……あれ……生理じゃな……った」

「え」

スマホの奥から、苦しげに少女は言った。

「生理じゃないって、そう言った？」

「う……ん」

「どういうこと？　え……まさか」

「妊娠してた」

少女たちは中学生だ。桜色のセーターに白いスカートがよく似合う彼女は、大人にはまだ遠い子供であった。妊娠していた？　まさか。そんな。

「それじゃ、あの出血は」

「かな……かなえ……ちゃんは……赤ちゃん……流そうと……薬」

と、相手は言った。

友人を『かなえちゃん』と呼ぶ。罪の告白をするような、苦しげな声だった。

「堕胎薬を飲んだってこと？　え、なんで？　どうして？」

そう訊きながら、恵平は考えていた。経口タイプの人工妊娠中絶薬は、普通は手に入らない。海外では認可されているものの、国内での販売、譲渡、服用は違法である。日本には『母体保護法』という法律があって、指定医以外で堕胎をすると自己堕胎罪に問われ、一年以下の懲役が科せられる。しかも経口堕胎薬は大きな副作用を伴う恐れがあり、腹痛、長期間の出血、突発的な大量出血など、命に関わることがあるのだ。こうした事例で緊急搬送された場合、産科医が不足している日本では適切な処置が行えないこともある。そもそも中学生が簡単に手に入れられる薬ではない。

「たぶん……怒って」

「怒って？　誰に怒って？」

「カレシ」

まったく意味がわからない。恵平は、つい数時間前に会ったばかりの少女が死んだということに、激しいショックを受けていた。もちろん彼女もそうだろう。順序立てて説明できる状況ではないのかもしれない。

「その堕胎薬は自分で飲んだの？　あの子はあなたにどう話したの？」

「頭にきて飲んだって……お姉さ……警察官……知らせなきゃって……かなえちゃ……」

「ゆっくりでいいから、何があったか話してちょうだい」

「私は赤ちゃんのこと、知らなかっ……です。駅に着いたら、すごく具合悪そうに……だから、お母さんに電話して、迎えに来てもらうことに」

「うん」

恵平は少女に喋《しゃべ》らせることにした。

「話してたら、バーッと血が出て、トイレに行って……恐くて、誰か呼ぼうって言ったんだけど、ママにバレたら困るって。ホントは生理じゃないのって」

「うん」

「出血は、『なかったことにできる薬』のせいだって……で、急に返事がなくなっ……お母さんが来て、駅員さんを呼んで……救急車……」

少女は激しく泣きじゃくり始めた。

「今どこにいるの」

「私だけ、タクシーで家に帰ってきたところ……お母さんは、まだ、かなえちゃんのママと病院に」

信じられない。

「かなえちゃんのご両親には薬のことを？」

「話してない。話せないです。そんなこと言えない」

少女は激しく泣きじゃくる。恵平は天井を見上げた。咄嗟《とっさ》に言葉が出てこない。スマホを耳に当てたまま、少女の泣き声を聞いていた。

「……二人目なんです」

ようやく嗚咽《おえつ》が収まった隙に、少女は言った。早口で。

「え？」

「かなえちゃんで二人目なんです。三年生に赤ちゃん隠した人がいて……かなえちゃんは、その先輩に……」

「隠したって？」

「噂だけど」

「どうやって隠すの」

それはつまり、産んだ赤ん坊を遺棄したという意味だろうか。

「もう閉鎖したかもだけど、サイトがあって」

「どんなサイト？　どうやって入るの？」

返ってきたのは答えではなかった。

「……かなえちゃんを誘った……あたしのせい……」

「それは違うわ」

スマホを抱くようにして恵平は言った。

「あなた、名前は？」

「呉優子《くれゆうこ》です」

「優子ちゃん、よく聞いて。ショックだよね。お姉さんもショックだわ。でも、かなえちゃんが亡くなったのは薬のせいで、優子ちゃんのせいじゃない。私だって……不正出血を疑っていたら……」

電話の奥でインターフォンが鳴る音がして、

「お父さんだ」

と、少女は言った。

「電話、切ります」

「大丈夫？」

返事はない。

「辛《つら》かったら、また電話してきていいからね。ほんとうに大丈夫？」

無言のまま電話は切れて、恵平は喫茶コーナーのベンチにストンと座った。

少女が死んだ。堕胎薬を飲んでいた。心臓が震える気がして、恵平はぎゅっと目を閉じた。出血で足が汚れていたのに、個人差があるからと疑いもしなかった。スカートを買うときだって、安価でセーターに似合う服をと、そんなことばかり考えていた。すぐに病院へ搬送していたら、あの子は死なずに済んだのだ。そんな、嘘だ。

「……どうして……」

呉優子の嗚咽が耳について離れない。死なせないで済んだ。気付いていれば、疑っていれば。警察学校で青少年に関するレクチャーを受けたじゃないか。思春期の子供たちの関心がどこへ向くのか、自分は学んでいたはずじゃないか。

恵平は目を開ける。署の天井は貼りっぱなしの安いボードだ。そこに蛍光灯が照っていて、味気なく、無機質で、隅に埃《ほこり》が揺れている。死なせずに済んだ。生理だと思い込みさえしなければ。別の可能性を疑っていたなら。

「なんで」

と、恵平はもう一度言った。むしろ自分のせいではないかと思う。疑わなかった私のせいだ。あのとき、もっとよく少女たちの話を聞いていたら。彼女の様子に目を配り、不審な挙動に気付けていたら。恥ずかしがっているのだなんて、勝手な解釈をしなかったなら、救えていたはずなのに。

仕事を終えた職員が近くを通った。

署内の電話が鳴っている。

署にはいつもの夜があるのに、少女はそれを失った。思い込みで接し、疑いを抱かなかった私のせいで。

独りベンチに座ったまま、恵平は動くこともできずにいた。

第三章　TURN　BOX

翌日は非番だった。

狭い場所が大好きな恵平は、押し入れを改造したベッドで目覚め、目尻《めじり》に乾いた涙を拭《ぬぐ》った。泣きながら寝たわけではなかったけれど、悲しい夢を見ていた気がする。襖《ふすま》の隙間が明るくて、『クークルクー』と鳩の鳴く声がした。鳩はベランダに飛んで来て、物干し竿《ざお》で羽繕いをする。妙な鳴き方で肩を怒らせ、別の鳩を牽制《けんせい》していることもある。スマホを引き寄せて時間を見ると、午前七時過ぎだった。

「わ……寝坊したよ……」

自分自身が嫌になる。何もかもが厭《いや》だった。憔悴《しょうすい》して、自信を失い、悲しくて腹が立っていた。慌てて起きると天板に頭をぶつけるので、襖を開けて掛け布団の下から足を出し、体を斜めにして寝床を下りた。部屋のカーテンは遮光性がなく、物干し竿に止まった鳩のシルエットが透けている。脅かしてはかわいそうなので、カーテンは開けずにトイレへ行った。冷たい水で顔を洗って歯磨きしながら部屋へ戻ると、もう鳩はいなかったのでカーテンを開けた。気分とは正反対の素晴らしい天気だ。恵平はまだ、命を落とした少女のことを考えている。ごめん。私が思い込みをしたばっかりに。そして、彼女の友人たちはもっと心を痛めているに違いないと思った。

「大丈夫かな、優子ちゃん」

スマホの着信履歴には、呉優子の電話番号が残っている。

恵平は洗面所に戻って口をすすぎ、顔を上げて鏡を見た。ショートヘアに寝癖が付いて、ハシビロコウの頭のように毛が立っている。入浴後、ドライヤーも当てずに寝てしまったからだ。蛇口を捻《ひね》って両手を濡《ぬ》らし、手ぐしで髪を整えた。

昨夜は結局ダミちゃんへ行かず、晩ごはんも食べなかった。部屋にはキッチンと呼べるほどの設備もないし、冷蔵庫も小さくて、水と梅干しか入っていない。シャツの上にジャケットを羽織って、恵平は部屋を出た。

丸の内西署を通り過ぎ、八重洲《やえす》側から地下道へ入り、Y口《ぐち》側26番通路をねぐらにしているお婆さんホームレスの姿を探した。

東京駅周辺の地下道には番号がついていて、Y口26番は『メリーさん』の寝室だ。

終電から始発が動き始めるまでの数時間、彼女はその踊り場でひっそり夜を過ごしている。メリーさんは老舗餅店《しにせもち》の大女将《おおおかみ》だが、若い頃に死別したご主人の幻を求めて、東京駅でホームレスを続けているのだ。たおやかでふくよかな彼女と話していると、何もかも受け止めてもらえるような安心感を得る。

恵平はいま、無性にメリーさんに会いたかったが、すでにメリーさんの姿はなく、階段下の踊り場付近で、構内の整備会社の人がガラスのドアを拭《ふ》いていた。

「おはようございます」

声を掛けると、手を止めて、

「おはようございます」

と会釈してくれる。拭き立てのドアを開けさせてもらって、地下街へ入った。持てるすべてを身にまとい、着膨れて人混みをいくメリーさんの丸い姿はどこにもない。時刻は通勤の人混みが増えていく頃で、どの人も足早に、ただ前を向いて歩いていく。それはあたかも流れのようで、一緒に流れなければいけないような気にさせる。恵平は壁際へ行くと、人の流れよりもさらに速い足取りで迷いなく歩き、駅の真下を通って丸の内側へ抜け出した。死んじゃった。救急車を呼んだけど間に合わなかった。堕胎薬を飲んだ。バーッと出血……急に返事がなくなって……急流のように呉優子の言葉が頭の中で渦巻いている。メリーさんはどこにもいない。

丸の内側に三つ並んだコンコースは、北口と南口の二つが八角形のデザインで、建築当時の意匠が忠実に再現されている。乗降客が踏みしめる床はタイル貼りで、爆撃で破損した天井を隠していた金属カバーを、デザインとして残したものだ。

恵平は北口改札の脇からコンコースへ出て、美しく再建された卵色の天井と、足下の幾何学模様を交互に眺めた。たくさんの人が行き来するのでボーッと立っているわけにはいかないが、天井を見て床を見て、素早くまた天井を見てから柱の陰に身を寄せた。今朝はどうしてもコンコースの中央に立ちたかったのだ。

上下の意匠は駅の歴史だ。創建当時の東京駅と、爆撃で焼けた天井と、それを隠した金属のカバー、時が経ち、カバーが外されて焼け焦げた天井が再び現れ、調査され、破損部分が美しく造り替えられた。隠された天井がどれほど破壊されていたのかは、ステーションホテルに残る写真を見たので知っている。

黒焦げの天井は廃墟《はいきょ》を見るかのようだった。

もう一度上下に視線を走らせてから、恵平は外へ出た。

駅前広場から駅舎を振り向く。威風堂々佇《たたず》む駅から吐き出されてくる大勢の人たち。水色の空がその上に広がり、駅舎の奥に高層ビルが延びていく。かなえちゃんが、死んじゃった……。耐えきれずに恵平は拳《こぶし》を握り、深呼吸した。

東京駅の声がする。

――大丈夫。震災も、爆撃だって乗り越えたんだ――

それは頭の中で勝手に生み出した幻聴かもしれないけれど、考えろ、考えて、自分にできることをしなさいと言われた気がした。

一〇〇年前に鉄道を通した人たちは、ここが首都の主要拠点になることを夢見て信じた。土を掘り、資材を運び、人力でレールを敷いた。いつだって人は未来を信じ、そして信念を結実させる。背筋を伸ばして駅舎を見上げ、恵平は深く頭を下げた。それからタタタ！　と足踏みをして、丸の内西署へ駆け出した。

間もなく池田が出勤してくる。話さなくちゃ、と思ったからだ。

生活安全課のブースでは、恵平の先輩に当たる下っ端男性警察官が掃除をしていた。ゴミ捨て作業を手伝っていると、池田より先に牧島が出勤してきて、私服の恵平に目を留めた。

「なんだ堀北、その格好は」

「おはようございます。今日は非番ですが、池田巡査部長に報告があって来ました」

「ふん」

牧島は上着を脱ぎながら、「好きな相手でもできたってか」と訊《き》いた。

「そういう話じゃありません」

牧島はまた「ふん」と笑って、「お茶くれや」と恵平に言った。男性警察官は掃除中なので、牧島のお茶だけ淹《い》れに行く。専用のマグカップにインスタントコーヒーを作って戻ると、着替えを終えた池田が部屋に入ってきたところであった。

「池田巡査部長。おはようございます」

池田は不思議そうに恵平を見た。

「おはよう。どうした？　今日は非番だったよね」

牧島にコーヒーを出してから、恵平はお盆を抱えて池田のデスクに寄った。

「はい。でも報告があったので……今、いいですか？」

池田は壁に掛かった時計を見上げ、朝礼までの時間を確認した。

「いいよ。どうした？」

「昨夜、行幸通りで見かけた女子中学生のことですが」

デスクの上を片付けながら、池田はわずかに視線を上げる。

「ああ。スカート買ってあげた？」

「亡くなったそうです」

「え」

怪訝《けげん》そうな目で恵平を見る。

「なにそれ、どういうこと？」

恵平はお盆を胸に抱えて言った。

「あの出血は生理ではなく、人工妊娠中絶薬によるものだったんです。町田駅で迎えを待っている間に容態が急変し、救急車を呼んだけど間に合わなかったと」

「ええ？」

「友だちが電話してきて聞いたんですが、妊娠を『なかったことにできる薬』を飲んだから、出血はそのせいだと、本人が告白したそうです」

池田は自分の椅子に掛け、ぐるりと恵平に体を向けた。

「堕胎薬を飲んでいたっていうの。経口の人工妊娠中絶薬って、日本では認可されていないよね。それって本当の話？　裏は取ったの？」

「いえ……電話で聞いただけなので」

池田は深いため息を吐いた。

「じゃ、その子が本当に死んだかどうかは未確認?」

「でも、電話の様子から嘘とは思えませんでした」

恵平が反論すると、訳知り顔で大きく頷《うなず》く。

「それじゃ証拠もない話を検証するのと同じじゃないの」

まさかそういう反応をされるとは思わずに、恵平は戸惑った。池田はデスクに片方の肘《ひじ》を載せ、もう一方の手でこめかみを揉《も》んだ。

「堀北みたいな若い女性警察官は、年齢が近くて話しやすい反面、弄《もてあそ》ばれやすいとも言えるのよ。思春期って、夢と現実が交錯する世界に住んでいるから」

それから恵平を真っ直ぐ見上げ、

「からかわれたのかもしれないでしょう」と言った。

「……え……?」

「医薬品の個人輸入は確かにゆるい部分もあるけど、中学生にはハードルが高くて買えないと思う。それに、飲んですぐ死ぬなんてあり得ないわよ」

「トイレで着替えたときとかに、異常はなかったんでしょうか」

「なかったわ」と、池田は首をすくめた。

「ドアの外にいた限りでは、緊急性を感じなかった。出血が止まらない感じもなかったし、手当したら歩いて帰ったじゃないの」

「でも、出血は多かったように思うんですけど」

「経血の量は個人差もあるし、異常なほどではなかったよ」

「でも、電話で」

「だ、か、ら、本当の話かどうか、裏は取ってないんでしょ？」

「取ってませんけど――」

恵平は頷いた。

「――それとは別に、気になる事も言っていたんです。あの子が二人目で、三年生の先輩に赤ちゃんを隠した子がいると」

「ますます怪しい」

池田は笑った。

「薬はどうやって手に入れたって？　闇サイトを使ったと言ってなかった？　今ね、裏掲示板でその手の話が流行《はや》ってんのよ」

「そうなんですか？」

「長期休業の終盤は黒い噂が流行るけど、春休みは特に、環境が変わることへの恐れやストレスからオカルトじみた話が出るの。まあ、青少年の健全育成はそれも含めて心を砕かなきゃならないんだけど、何でもかんでも真に受けて、振り回されていちゃダメよ？　情報はきちんと精査しないと。暇じゃないんだし」

「とても嘘とは思えませんでした」

池田は立ち上がって言う。

「全部が嘘とは言ってないでしょ？　不純異性交遊は実際にあって、それが子供たちの心をざわつかせているのだと思う。電話をくれた子はそれを誰かに言いつけたかったのよ。電話番号なんて渡しちゃうから、あなたはそれに利用されたの。あの年頃は世界が狭いし、友だちが先に経験したなんて驚天動地の大事件に思えるものよ」

「でも池田巡査部長、もしも電話が本当だったら？」

池田は首を傾げて慈愛に満ちた目を恵平に向けた。恵平のほうが長身なので、互いに立って向き合うと、上司を見下ろすかたちになってしまう。

「残念でした、と言うしかないわ」

恵平は目をしばたたいた。すぐ調べようと言ってくれるとばかり考えていた。

「もしも本当に無認可の薬で大量出血を起こしたのなら、それは無知が招いた悲劇だよね。違法薬物にリスクがあることは広報しているし、学校に招かれて講義もしてる。それでも悲劇は止められない。残念だけどそれが現実。子供は個別の人格で、親でさえ四六時中監視下においてコントロールするわけにいかないの。だからこそ、自分を大切にすることを教えて守るのよ。リンチ、虐《いじ》め、自死、レイプ、流産、嬰児《えいじ》殺人、性感染症、ドラッグに違法薬物……堀北も知っていると思うけど、ニュースにならないだけで、未成年者が被害に遭う事例は後を絶たない。イタチごっこよ」

「なにかできたはずだと思うんです」

池田は恵平の腕に触れ、軽く叩《たた》いた。

「なにができたか考えるのは正しいよ。でも、あれ以上の対応はない。いい？　私たちは警察官なの、神さまじゃない。警察官としてできる精一杯のことをした。そうでしょう？」

昨晩の池田の対応をトレースしてみる。あれ以上、何ができたというのだろう。池田は正しい。でも少女は死んだ。死んだのだ。それを思うと震えてくる。

「やることとなすことすべてに感情移入するのはやめなさい。目の前の事案に精一杯向き合ったとしても報われないことはある。できることには限界があるの。そこを見誤ると自分を殺し、仲間を殺す。いいわね？　明日《あした》はまた別の事案がくるわけだから」

池田は時計を見上げて言った。

「そろそろ業務が始まるけど、非番返上で手伝っていく？」

そして恵平の背中を押した。

「そんな酷《ひど》い顔で署に来ないでよ。若いのにクマを作ってさ」

「え、私、そんなに酷い顔ですか？」

「食欲喪失で泣いていたって書いてある」

恵平は両手を自分の頬に当て、粘土をこねるみたいに目の下を伸ばした。

「あはははは」と、池田が笑う。

「話は終わりよ、もう帰りなさい。明日もしごくよ、覚悟して」

「……はい」

恵平は深くお辞儀して、生活安全課のブースを後にした。

署を出ようと裏口へ向かうと、喫茶コーナーで平野がコーヒーを飲んでいた。昨夜は当番勤務だったから、目を覚ましているのだろう。

「おはようございます。夜勤お疲れ様でした」

「ケッペーか……ふあ〜ぁ……おはよー」

立ち止まる恵平を見て言った。

「あ？　なんでまだ私服なんだよ」

「非番なんです」

訝《いぶか》しげに目を細め、平野は後頭部をガリガリ掻《か》いた。

「非番にどうして署にいるんだよ？　おまえ、そんなに仕事が好きか」

「いえ……ていうか、ちょっと話があったので」

平野は恵平の顔を見ていたが、ややあって、今度は首を掻きながらこう訊《き》いた。

「朝飯食ったか？」

「まだです。昨夜は『ダミちゃん』へも行き損ねちゃって」

「ふーん」

ゴミ箱に空のカップを放り込む。

「このへんで朝メシ食うなら、どこがいいんだ」

「和食ですか？　洋食ですか？」

「どっちでもいい」

「和食だったら駅地下に安くて美味《おい》しいお店があります。パンでよければ、はとバス営業所の通りに手抜きしないカフェがあって、カフェのほうが署に近いです」

「なんて店？」

恵平はカフェの名を告げた。

「そこへ朝飯食いにいくか」

「えっ、先輩が奢《おご》ってくれるんですか？」

瞳《ひとみ》を輝かせて訊くと、平野が笑う。

「そこか、おまえの幸せポイント」

それから恵平に背中を向けた。

「先に行って、席とっといてくれ」

「わかりました。了解です」

恵平はやや軽くなった足取りで署を出て行った。


そのカフェは、東京はとバス営業所へ続く通り沿いにある。

こぢんまりとした店で、コーヒーが美味しくて、どの席からも通りが見える。恵平は四人掛けテーブルに席を取ってカフェオレを頼み、平野を待った。

ふと顔を上げると、ガラス窓に映った自分があまりに酷い顔で驚いた。平野はなにも言わなかったが、この顔を見て朝食に誘ってくれたのだと思う。

できることには限界があるという池田の言葉を、恵平は嚙《か》みしめていた。確かに池田の言うとおりだけれど、そう思って諦《あきら》めてしまったら、次に同じことが起きたとき、誰も救えないのではないか。警察官は神さまじゃない。わかっているけど、私たちは望んで少女たちに介入したんじゃないか。なにかできると思えばこそ。役に立てると思えばこそ。手当したからそれでいいのだと池田は言う。

でも、少なくとも私たちは、少女に迫る本当の危険を見逃したじゃないか……考えはグルグルと頭の中を巡るばかりだ。恵平はメニューを開いた。

この店のモーニングは、飲み物に厚切りトースト、スープとゆで卵のセットだが、モーニングの時間帯でもサンドイッチやピザやパンケーキのオーダーが可能だ。食欲はなかったが、誘ってくれた平野の気持ちを考える。美味しそうな写真を眺めていると、やがて、上着の裾《すそ》を翻し、通りの向こうを足早にやって来る平野が見えた。広い通りを渡るには、地下通路を通るか交差点までいかないとならないのだが、平野は長い足で植栽を跨《また》ぎ、車道を走って突っ切ってきた。カラン、とドアに吊《つ》られたベルが鳴る。スタッフに片手を挙げて、平野は真っ直ぐテーブルへ来た。

「待たせたな。あー腹減った」

椅子に着くなり、備え付けのおしぼりで手を拭《ふ》いて、呟《つぶや》いた。

「なにを食うかな。モーニングって、どんなセットだ？」

恵平は彼にメニューを渡した。

「道交法違反を目撃しました。先輩、車道を突っ切ってきましたね？」

「ヤベえな」

と、平野はクールに笑う。

「俺はモーニングかな。飲み物はオレンジジュースで。ん、でもやっぱ食後はコーヒーだよな」

恵平は勢いをつけて一気に言った。

「私は『野菜たっぷりホットドッグとオニオンスープのセット』にしてもいいですか？」

「なんで出資者より高いのを頼むんだよ」

「ダメですか？　もう、お腹空《す》いちゃって」

嘘だった。でも食べなきゃならない。食べて、きちんと考えなければ。

「しょーがねえな。ったく」

平野はブツブツ言ってメニューを畳み、スタッフを呼んで注文を伝えた。水をひと口飲んでから、

「じきにピーチも来ると思うわ」

ネクタイをゆるめてそう言った。

「鑑識の桃田先輩ですか？　なんか久しぶりの気がします」

「昨夜はピーチも当番でさ。でも、鑑識は時間正確だから、少し遅れると思うんだ」

「平野先輩だって非番になるんじゃ……」

「刑事はそうもいかねえんだよ。戻ってまだ書類をやらなきゃだしな。非番でも、だいたい昼前後になっちまうかな」

「大変ですね」

「はっ」

と平野は鼻で嗤《わら》った。

「わかってんだろ？　こないだまで鑑識にいたんだし」

「まあそうですね。捜査は時間勝負ですもんね」

「池田さんに、なんの報告だったんだ？」

店内から外を眺めて平野は訊いた。

「非番に署へ出てくるなんて。しかも早朝。緊急事態か？」

恵平はカフェオレを引き寄せた。

「いえ……ちょっとショックなことがあって」

「ふーん」

そのまま先を促さないので、少し考えてから恵平は言った。

「防犯パトロールをしてるとき、行幸通りで女子中学生と会ったんです」

「非行案件か？」

「いえ、全然そうじゃなく」

恵平は少しだけ言葉を濁した。

「その中に具合の悪そうな子がいたんですけど、昨夜、帰りがけにその友だちから電話があって」

「電話？　どこに？」

「私の携帯です。なにか困ったら電話してって、メモを渡しておいたので」

「はあ？　ったく……ケッペーらしいと言えばそうだが――」

と、平野は恵平の顔を見て、

「――おまえはさ、あまり個人的な知り合いを増やすなよ。警視庁には未成年者専用の相談窓口とか、部署も、ツールもあるんだからさ」

「はい。でも、その子たちは町田から来てたので、帰る途中で何かあったら心細いだろうと思ったんです……大丈夫だよって言いたくて」

「ケッペーより自宅へ電話するだろ？　普通、そういう場合はさ」

目からウロコが落ちた気がする。なにかしなきゃと精一杯で、そんなふうには考えなかった。何もかも全部、自分がやらなきゃと思っていた。間抜けで、空回りばかりしている自分に、恵平は唇を噛んだ。

「言われてみればそうですが、そのときは精一杯で」

「あのな……」

平野は恵平の顔を覗《のぞ》き込み、首筋を掻《か》いて、水を飲んだ。

「で？　電話が来て、なんだって」

恵平は息を吸い、そして一息に告白した。

「そのとき具合の悪かった子が亡くなったって」

平野は目を丸くした。

「あ？　なんで死んだんだ」

「それなんですけど……私自身は大変だって思ったんです。電話で聞いたところでは、堕胎薬を飲んだせいじゃないかと」

「堕胎薬？」

と、平野は呟き、恵平に顔を近づけて訊《き》いてきた。

「具合が悪かったって、そういう意味かよ？」

「その時はわからなかったんです。突然生理になったと言われて、だから手当だけして帰してしまった……でも、向こうに着いてからまた出血があったらしくて、救急車を呼んだけど間に合わなかったと」

「なるほどな」

平野は椅子の背もたれに体を預けた。

「池田さんに報告したのはそのことか」

「はい。同じような目に遭う子が、また出たら」

「池田さんはなんだって？」

恵平は水を飲む。

「サイトや裏掲示板については把握しているみたいなことを言っていました。春休みは環境が変わる時だから、こうした事案は多いって……だから……」

「俺たちもスーパーマンじゃないしなあ」

ため息のように平野は言った。

「池田巡査部長からも同じようなことを言われました。でも、それだけじゃ」

「お待たせいたしました」

スタッフが朝食を運んできたので、二人は会話を中断した。

こんがりときつね色に焼けた厚切りトースト、ニンジンのポタージュにゆで卵、オレンジジュースが目の前に並ぶと、平野は自分の朝食ではなく、恵平のホットドッグを覗き込んだ。この店のバケットは大きくて、ソーセージのほかにもピクルスとオニオンと、たっぷりの野菜が挟んである。

「なんか旨《うま》そうだな」

「ホントですね」

「冷めないうちに食おうぜ、食おう。続きはあとだ」

カトラリーが入ったカゴから、平野はスプーンを取ってくれた。

「空きっ腹だと思考回路がマイナス方向へ傾くからな。俺の奢《おご》りだ。ありがたく食え」

心がどういう状態であっても、美味《おい》しいものは美味しそうに見える。自分の現金さに呆《あき》れながらも、二度と食事ができなくなった少女のことを考えた。私はどうするべきだろう。生きてここにいる自分は？　恵平は心の中で、「よし！」と言った。

「てか、すげえパンだな。ソーセージもでかいし」

「え、やっぱりホットドッグがよかったとか思ってますか？　不本意ながら交換してあげましょうか？」

敢《あ》えて平野を見て訊いた。

「なんだよ『不本意ながら』って。いらねえよ」

「よかった。じゃ、いただきます」

「本当は交換したくありませんって、顔に書いてあんだよ。てか、あちち」

平野は苦笑して厚切りトーストを半分に割る。自分の気持ちはなにもかも、知られているのだと恵平は感じた。トーストから湯気が立ち、溶けたバターが流れていく。

「トーストもおいしそうですね」

言いながら自分のパンに齧《かじ》り付く。パリパリと皮が鳴り、小麦のコクと香ばしさが口の中に広がった。

「うわ、こっちもメチャクチャ美味しかった。よかった」

バケットの焼き加減が絶妙だ。胃袋が反応し、空腹だったと訴えてくる。冷え切った体と心に血液と力が巡る気がして、しみじみと切なくなった。

チリンとまたベルが鳴る。

クルーネックのシャツにニットを重ねた細身の男が入ってきたのだ。サラサラの髪を坊ちゃん刈りにして、赤いフレームの眼鏡をかけている。

「あ、桃田先輩が来ましたよ」

平野が振り返って手を挙げる。

桃田は二人の席に来て、平野の隣に腰を下ろした。

「おはよう堀北。いい匂いだね。それはなに？」

恵平は平野の皿を指し、

「平野先輩がモーニングセットで、私のは、『野菜たっぷりホットドッグとオニオンスープのセット』です」

平野からメニューを受け取ると、桃田はすぐにスタッフを呼んだ。

「ハニーメープルパンケーキとホットの黒糖ラテをお願いします。生クリームとシロップ増し増しで」

「かしこまりました」

とスタッフは言い、テーブルの伝票を下げていく。

「朝からよくそんな甘いものが食えるな」

トーストを齧りながら平野が言うと、桃田は答えた。

「仕事で脳みそが糖分を欲するんだよ。仕方ないだろ」

おしぼりの袋を破りながら恵平に視線を向けて、

「生活安全課の研修はどう？」

と訊く。ついこの間まで、恵平は桃田から仕事を学んでいたのだ。

「どの部署もですけど、色々と刺激的です」

「さっきの話の続きをしてみ」

そう言ってから、平野は桃田にざっと経緯を説明した。

「亡くなった？」

桃田も訝《いぶか》しそうに目を細めた。恵平はパンを飲み下し、ナプキンで唇を拭《ぬぐ》った。

「池田巡査部長がお金を出してくれて――」

ほかの客を慮《おもんぱか》って声を潜める。

「――着替えを買って、近くのトイレで手当してから帰したんですが」

「実はそうじゃなかったんだね」

桃田が反芻《はんすう》し、恵平は頷《うなず》いた。

「駅で迎えを待っている間に急変し、亡くなったって」

「それってもしや堕胎薬の副作用じゃないの？」

「あ？　なんか知ってんのかよピーチ」

平野は桃田を見て訊いた。

「はい。少女は経口タイプの人工妊娠中絶薬を服用したようなんです」

椅子の背もたれに体を預けて、桃田は自分の顎《あご》を掻く。

「うん……実はさ。ここのところ、無認可堕胎薬の被害が増えてるみたいなんだよね。つい先週も川越《かわごえ》で、二十代の女性が緊急搬送されて亡くなったって。副作用を起こしやすいのか、そもそも、ちゃんとした薬じゃないとか」

「それってどこ情報だよ」

「大学の同期に救急救命士になったヤツがいて、この前一緒に飲んだ時、その手の捜査はしていないのかって訊《き》かれたんだよ。彼の方面本部だけでも疑わしい事例が三件ほどあったらしい。実際は、もっとあるのかもしれないね」

「どっかで捜査してんのか？」

「どうだろう。人の死って遺族には一大事でも、病院関係者には茶飯事だろ？　それに患者が病理解剖に回されたかどうか、消防署ではわからないしね。この手の事例は遺族が死亡理由を公にしたがらない側面もあるから」

ふうむ、と、平野は顔をしかめる。

「中学生は薬をネットで手に入れたようです。でも」

またスタッフがやって来て、パンケーキと黒糖ラテをテーブルに載せた。

「ご注文は以上でよろしいでしょうか？」

訊かれて平野がコーヒーを追加する。スタッフは再び伝票を持って戻って行った。

「桃田先輩のパンケーキも美味しそうですね」

恵平が首を伸ばすと、平野が笑った。

「どんだけ飢えてんだ」

桃田はふわっふわのパンケーキにハチミツをかけ、切り分けて生クリームを載せてから、恵平のほうへ皿をずらした。

「食べてみる?」

「はい。頂きます」

熱いパンケーキに載ったクリームが、みるみるうちに溶けていく。

親指と人差し指でつまんで口に入れると、クリームがこぼれそうになったので、蓋《ふた》をするようにパンケーキを頰張った。食べるたびに元気が戻ってくる。

「あーあー、ったく、幸せそうな顔して食うよなぁ」

平野はテーブルの角でゆで卵を割った。

「ホント堀北はよく食べるよね。食べて、寝て、よく笑い、そして現場で吐くんだな、これが」

「やめろよ、食事中だぞ」

桃田は知らん顔でパンケーキを食べ始めた。

ようやく喋《しゃべ》れるようになったので、恵平は人差し指を立てて言う。

「これ、バターが効いて、むちゃくちゃ美味です」

それから唇を舐《な》めて、続きを話した。

「私はすごく落ち込みました。もっと注意していたら、すぐ病院へ搬送できて、あの子は死なずにすんだんです」

「まあね。わからなくもない」

桃田は黒糖ラテを飲む。

「それで池田巡査部長に報告しに行ったんですけど」

「けど？　報告したら、なんて言われたの？」

「裏は取ったのかって」

「池田さんらしいだろ？」

「なんでもかんでも真に受けるのは、証拠もない話を検証するのと同じだと」

「一理あるね」

と、桃田は言った。

「感情だけで動くと、ろくなことにならないよ」

「正論だけど、緊急性があるかどうかは、話した感じでピンとくるだろ？　その、中学生の電話の感じで」

「嘘を吐かれたとか、からかわれたとは思えません。傷ついて自分を責めているようでした。当然だと思うんです。私でさえ話を聞いて動揺したので。友だちなら、なおさらショックです」

「薬の出所と流通経路は訊かなかったの？」

桃田が訊《たず》ねる。

「詳しい話を聞く前にお父さんが戻ってきて、電話を切られてしまったんです。呉優子ちゃんと言うんですけど、彼女のことも心配で……このまま放っておいていいものでしょうか」

「後追い自殺とかしそうな気配があったのかよ」

「……自殺……って……え？」

恵平は食べるのをやめた。

「違うのか。心配ってそういうことだろ？」

「そこまでは考えませんでした。ただ、もの凄《すご》く傷ついているんじゃないかと」

「そりゃ傷つくよね。昨日まで元気だった友だちが死んじゃったとか。でも、堀北が頑張らなくても、悲しみを共有できる相手は他にいるだろ。大丈夫だよ」

ピッチャーに残ったハチミツを、桃田はすべてパンケーキにかけた。確かに桃田の言うとおりかもしれない。一瞬すれ違っただけの警察官に少女が電話してきたわけは、友人を殺した薬の情報を提供したかったからではないのだろうか。

「そうですね。冷静に考えれば慰めて欲しかったわけではなくて……不正な薬で友人が死んだから、警察に調べて欲しいと……そうか」

恵平は顔を上げ、同じように気にかかっていたことを打ち明けた。

「もうひとつ気になっているのは、三年生に赤ちゃんを隠した子がいるって情報です。亡くなった子は二人目で、三年生の先輩は赤ちゃんを隠したと」

「そっちのほうが問題じゃねえの？」

きれいに剝《む》いたゆで卵に塩を振り、平野は仰向《あおむ》いてひと口で食べた。

「え、ひと口？　平野は味わうとかしないんだ？」

眉間《みけん》に縦皺《たてじわ》を刻んで桃田が訊ねる。

「味わってるよ」

口をモゴモゴさせて平野は言った。ちょうど淹《い》れ立てのコーヒーが運ばれて来たので、平野はそれをブラックで飲み、卵を喉《のど》へ流し込む。

スタッフは今度こそ伝票を残していった。

「もったいないと思わないの？　ゆで卵はさ、白身を食べて、黄身を食べ、もう一度塩を振ってから、白身と黄身を一緒に味わうのがいいと思うんだ」

「それはピーチ限定の食い方だろ？　俺は黄身をこぼすのがイヤなんだよ」

「未熟者だな」

「やっぱり二人も気になりますか？」

恵平が呟《つぶや》くと、

「なにが」「卵の食べ方？」

二人の先輩は同時に訊いた。

「そうじゃなく、彼女が薬を買ったサイトのことです」

「でも、そういうのは昔からあるしな」

「池田巡査部長から聞いたんですけど、長期休業の終盤は、妙な噂や黒い噂が流行《はや》るものだって」

「そうかもな」

「警視庁のサイバー班が新手のサイトについて情報を得ているという話は聞いたよ。違法薬物や性犯罪の斡旋《あっせん》とは少し違って、堕胎手術のときに代理保証人を斡旋するとか、あと、ここが新しいんだけど、そのサイトが請け負っているのは、主に証拠の隠滅らしいんだ。犯罪の証拠を隠蔽《いんぺい》するってことなのかな」

「ヤバい話だな」

「うん。でも、その手の商売があるというのは、可能性として否定できない。今までなら地下に潜伏できた犯罪も、ネットのせいで目に付きやすくなったから。望まない妊娠、殺人の痕跡《こんせき》、事件そのもの、すべてを『なかったことにできる』なら、利用したい客はごまんといるんじゃないのかな」

恵平はハッとした。

「電話をくれた優子ちゃんが同じことを言っていました。実は、はっきり堕胎薬とは言わなかったんです。妊娠を『なかったことにできる薬』を飲んだって」

「なかったことがキャッチコピーか。わかりやすいな」

皮肉な笑みを平野は浮かべた。

「そういうサイトって、お小遣いで払いきれない金額を請求して、返済のために援助交際を斡旋したり、どんどん泥沼へ導いていくシステムになっているよね。客も秘密をバラされたくなくて、意のままに操られてしまうんだ」

「闇サイトは勢力を拡大してるってことか」

「かもね。ぼくは調べたことがないけど」

「このまま放っておいて大丈夫でしょうか」

「放っちゃいないだろ。本庁のサイバー班が捜査してんじゃないのかよ」

「たぶんね。それに、相手が未成年者の場合は特に、慎重にいかないとマズいと思うな。追い詰めてしまうと問題だから」

「優子ちゃんは大丈夫でしょうか」

「心配なら電話で訊《き》いたら？」

と、桃田が言った。

「携帯履歴に電話番号が残ってるよね」

「それも考えたんですけれど、センシティブな問題だし、私が自宅へ電話をかけていいのかどうか。優子ちゃんの家庭事情もわからないので」

「春休みだから親のいない日中にかけたらどうだ？」

「そうですね……」

恵平は両手にカップを持ってスープを飲んだ。桃田が訊ねる。

「その子の学校の名前は？　聞いた？」

「聞いてません。町田の中学生ということだけで」

桃田が手を出したので、恵平はきょとんと見返した。

「スマホ。その子の番号、見せてごらん」

「あ、はい」

スマホを出して桃田に渡すと、彼は着信履歴を確認した。平野が脇から覗《のぞ》き込む。

「どうするつもりだ」

「ん……これって固定電話だね。今どきイエデンからかけてるってことは、堀北が言うように厳格な家庭の子かもしれない。こっちの都合で刺激するのは逆効果だし、その子の堀北に対する信用を失いかねない。ただし、固定電話なら番号から住所がわかるし、住所がわかれば中学校もわかるよね」

「ピーチが調べてくれるのかよ」

「いいよ。池田さんが『裏をとれ』って言ったんだから」

「でもそれは、子供の話を頭から信じるなって意味だと思います」

「ここは同じ意味とする」

メガネの奥で桃田は笑う。

「裏が取れれば捜査ができる。かもしれない。だろ？」

それから平野に顔を向け、

「だよね？　堀北の先輩の平野くん」

　と、肩を叩《たた》いた。

「どうして俺を巻き込むんだよ」

「堀北の勘は無下にできないって、平野の顔に書いてあるから」

「青少年の安全保全は生活安全課の仕事で、組対の管轄外なんだが」

「ぼくだって、ネタ元が堀北でなきゃ放っておくけど――」

　桃田は呉優子の電話番号をメモしてから、

「――でも堀北は、なんというか、妙に鼻が利くからね」

　恵平にスマホを返してよこした。

「同感だな」

　と言いながら、平野はコーヒーカップを口に運んだ。

「優子ちゃんの中学校がわかったら、どうすれば……？」

「聞き込みしてみればいい。悪戯《いたずら》なら少女は生きてるってことで、ラッキーだったと思えばいいし、本当に誰か死んだなら、調べる価値はあるんじゃないかな。その場合は池田さんにきちんと報告し、地元の所轄へ連絡してもらえばいいよ」

「私が勝手に捜査していいわけないと思いますけど」

「ま、池田さんは気分を害するだろうな」

平野はニヤリと笑ってみせた。

「その時は堀北。バカのフリをしてこう言えばいい。『裏を取れと言われたので調べました』って。言葉をどう解釈するかは、個人の主観によるだろう？」

「策士だな、ピーチ」

平野を無視して、桃田は恵平の瞳《ひとみ》を覗き込む。

「冗談はさておき、堀北が心配なら、できることはしておくべきだとぼくは思う。この仕事には後悔がつきものだけど、どうせ後悔するなら、やるだけやるべきだというのがぼくの持論だ。非番か休みの日を使って、警察官としてじゃなく、ただの知り合いとして会ってみたらどうだろう」

背中を押してくれたと恵平は思った。桃田を店へ呼んだのも、平野の厚意だったのだ。

「な？　平野先輩」

桃田はそう言って平野に微笑む。

「なんで俺なんだよ、俺だって休みは暇じゃないぞ」

「フィールドワークは平野のほうが得意だから言ってるんだよ。ぼくは情報検索でバックアップするから」

そう言うと、桃田はナプキンで口を拭《ぬぐ》った。

「学校名がわかったらメールするから。堀北と平野の両方に」

それからコップの水を飲み、キュートな色の財布を出して、伝票を引き寄せた。

「ここって平野の奢《おご》りだっけ？」

「勘弁しろよ」

桃田は笑い、恵平の食事代半分を含めた額を伝票に載せた。

「じゃあね、堀北。頑張れよ」

恵平は立ち上がって頭を下げた。

桃田が店を出て行くと、平野が会計を引き受けて、わずかに遅れてカフェを出た。

「ごちそうさまでした」

出口で深々と頭を下げると、上着のポケットに手を突っ込んで平野が訊いた。

「マジで聞き込みに行くつもりかよ」

「はい。からかわれたならそれでよし、もしも本当の話なら、一人死んでいるのに放っておくことはできません」

「だな」

と、平野も言った。

「でも、私ひとりで大丈夫です。向こうは中学生で、危険もないし」

「いいって、俺も付き合ってやるよ。ったく……ピーチの野郎……」

平野はブツブツ言いながら、今度は車道を突っ切ることなく地下道へ向かった。恵平も後をついていく。地下道を渡ったところで平野は書類作成のため署に戻り、恵平は掃除と洗濯をするために寮へ帰った。


桃田からメールが来たのはその日の夕方、昨夜行き損ねた『ダミちゃん』へ向かっているときだった。

――たぶん町田市立百合ヶ丘中学校　ちなみに少女の自宅住所は以下：町田市金井《かない》
〇丁目〇〇――

「すごい。さすが桃田先輩だ」

メールは平野にCCが付いている。恵平がお礼の返信を打ち込んでいると、

――ピーチ　さんくす――

と、平野から先に返信が行った。固定電話の番号ひとつで住所を特定されちゃうな

んて、と恵平は一瞬思ったが、個人情報保護法の施行以前は電話帳に住所が記載されていた。それに、携帯電話はアプリさえあればリアルタイムで居場所がわかる。すごい時代だ。頭の中で呟《つぶや》きながら桃田にお礼のメールを送った。

街路樹の白木蓮《はくもくれん》は、象牙《ぞうげ》細工のような丸い蕾《つぼみ》が風でたわわに揺れている。微《かす》かに甘い香りがしたが、数歩歩くと居酒屋の換気扇からあふれる脂の臭いに代わってしまった。恵平が好きな『ダミちゃん』は呉服橋のガード下にあり、初老の大将ダミさんが安くて美味《おい》しい料理を提供している。小さな店なので十九時過ぎには満席になり、歩道にはみ出たビールケースの屋外席も埋まってしまう。普段は晩ごはんを食べそびれることもあるのだが、非番の日なら開店直後を狙えて便利だ。東京駅丸の内側から近代的な通りを行くことしばし。歩道がピンコロ石に変わって頭上に車道が走るその先に、昭和の香り漂う煉瓦《れんが》壁の一帯が現れて、居酒屋やラーメン店が軒を連ねている。『ダミちゃん』はそうしたガード下にある。

時刻は午後五時三十分過ぎ。まさに開店時間であった。

歩道の脇にはすでにビールケースの椅子やテーブルが並べられ、本日のオススメを書いた黒板が立ち、染め抜き暖簾《のれん》に縄暖簾を重ねた入口は開いていた。焼き鳥を焼く白い煙が出ていないので、一番乗りに違いない。理由は定かでないものの、商売屋には『最初のお客が女性だと、その日は売り上げがいい』というジンクスがあるらしく、恵平が一番乗りだとダミさんが喜んでくれるのだ。

「こんばんは」

頭を下げて暖簾をくぐると、

「へい、らっしゃい！」

と、威勢のいいダミ声が返ってきた。鯉口に法被《はっぴ》を纏《まと》ってハチマキを締め、ダミさんは焼き台で炭を熾《おこ》している。自称郷《ごう》ひろみ似のダミさんは、土曜の夜には女装して、伯父《おじ》さんのスナック『ひよこ』のママになる。

「非番だから早めにごはん食べに来た」

「いいね。今夜は繁盛間違いナシだ」

L字カウンターの一番奥の席に着く。満席になれば移動できない特等席だ。

「あいよ」

とすかさずダミさんがおしぼりと箸《はし》とお通しを出す。今夜のお通しは菜の花で、マヨネーズで和《あ》えたプリプリのエビが見え隠れしている。

「きれい。菜の花の季節だもんね」

「だろ？　色合いがきれいだろ？　ビールでいいかい」

この店でご飯を食べると、もれなくお酒がついてくる。安価なメニューばかりなので、アルコールとお通しを売らないと『商売あがったりだ』とダミさんは言うのだ。

「うん。あと、ネギマとつくね。それから、なんかでごはん食べさせて」

「あいよっ」

炭を熾していた団扇《うちわ》を脇に置き、ダミさんは焼き物の準備を始めた。ネギマとつくねを焼き台に載せ、冷えたジョッキにビールを注ぐ。

「外が明るいと、申し訳ない気分になるね」

「なんの。十九時まではハッピーアワーだ。半額だからジャンジャン飲みな」

ドンと置かれた生ビールはシルキーな泡と冷えたジョッキが魅力的だが、恵平はあまりお酒に強くない。年明けに『ひよこ』で平野と飲んだ時も、酔い潰《つぶ》れてしまったくらいだ。菜の花とエビを口に入れ、クーッとビールを飲んで言う。

「あーっ、おいしいーっ」

「旨《うま》いだろ、房総《ぼうそう》の菜の花なんだぜ」

「いい匂いで甘みがあって、それに花がものすごくきれい」

「売ってるときは蕾だからな、ちょっと花を咲かせてさ、黄色を殺さないよう仕上げるのが難しいんだよ。エビの桜色に負けないように」

「小鉢に春が来たって感じ」

焼き鳥の串《くし》を返しながら、ダミさんは訊《き》いてきた。

「どうだい最近は。厭《いや》な事件も起きないし、平和に研修を続けてるのかい？」

他にお客がいないので、久しぶりにダミさんと話せた気がした。お店が混むと、会話する暇はほとんどないのだ。

「私ね、刑事課から生活安全課に移ったんだよ」

「へえ、そうなのかい？」

「うん。防犯講習のやり方とか、パトロールの仕方とか、そういう仕事を手伝ってるんだけど、刑事課とはやっぱり全然違うの」

「へー」

厨房《ちゅうぼう》には店員が二人いて、一人がせっせと串を刺し、もう一人は調理をしている。ダミさんはときどき指示を出しながら、恵平の焼き鳥に塩を振る。

「鶏《とり》のタタキと、鶏ミンチのメンチカツがあるけど、ごはんはそれで食べるかい？」

「お願いします」

「蓮根《れんこん》入りで歯ごたえあって旨いんだぜ」

ダミさんは冷蔵庫を開けてキャベツを出した。串を返してキャベツを洗う。

「春キャベツは柔らかいから、太めのほうが甘みを感じる。太めに切るよ」

「キャベツ大好き。生も、煮たのも、炒《いた》めたのも好き」

「ははは。てか、ケッペーちゃんに嫌いなものなんかないだろ？」

「そうかもしれない」

恵平はビールを飲みながら料理が仕上がる様を見るのが好きだ。この時間がなにものにも変えがたい。緊張続きの研修期間を支えているのは、間違いなくダミさんの手料理だと思う。

皮目で熱い脂がプップツいっているネギマとつくねを、ダミさんは小皿に載せてカウンターに置いた。やげん堀《ぼり》の七味を振って、フウフウ言いながら口に入れると、鶏の甘みと皮目の香ばしさで全身が痺《しび》れるようだ。鶏の滋養をしみじみ感じる。

「じゃあ今は、刑事の兄ちゃんと別の部署にいるんだな」

「刑事の兄ちゃんって……あちち、平野先輩のこと？」

ビールで口の中を冷やして訊いた。

もっとも、一緒にここへ来たことがあるのは平野だけだ。

「でも、フロアが近いから、顔は毎日見ているよ」

「あれからどうした？」

　キャベツの千切りをザルに入れ、ざっと水に通してダミさんは訊く。

「あれからって？　何かあったっけ」

「ああそうか。ケッペーちゃんは寝ていたもんな」

　揚《あ》げ鍋《なべ》を火にかけてダミさんは笑った。

「伝説のうら交番のことだよ。その後、何かわかったかい」

　恵平は目をパチクリさせた。ホームレスのメリーさんも、東京駅の丸の内側で靴磨きをしているペイさんも、ときわ橋の近くに交番が実在していた頃を知っているそうだが、まさかダミさんまで、うら交番のことを知っているとは思わなかった。

「ダミさんもうら交番を知ってるの？」

「噂だけはね。さすがに現物があった頃のことは記憶にないよ」

「平野先輩が話したの？　交番のこと。新年会のときだよね」

「そ。ケッペーちゃんが潰れてからだな」

　ビールの減り方を確認し、ダミさんはメンチカツを揚げ始めた。油の躍る音がして、揚げ鍋の中に泡が立つ。

「私、その交番で、若い頃のメリーさんに会ってるんだよ」

　何の気なしにそう言うと、ダミさんは一瞬動きを止めた。

「だからさ、私もその交番へ行ったことがあるんだよ」

「なんだって？」

「よせやい」

とダミさんは、幽霊を見たような顔で恵平を見る。恵平は「えへへ」と笑った。

「信じないよねー普通はねー。でも本当なんだよ。おもて交番へ赴任したばかりの頃に、駅で事件があったでしょ？　私、地下道で迷っちゃって、地上へ出たら、風呂敷《ふろしき》包みを拾って、赤い電球の交番へ届けたの」

恵平はジョッキを置くと、いつも首に掛けているお守りを引っ張り出した。

「見てこれ、風呂敷を届けたお礼にもらったんだけど、落とし主は若い頃のメリーさんで、メリーさんもビックリしてた。私の名前が恵平だから、てっきり男性が届けてくれたと思ったんだって。このお守りはメリーさんが実家近くの神社で買って……」

ダミさんは揚げ鍋の位置から首を伸ばしてお守りを見た。

「冗談にしても念がいってるな」

「冗談じゃなく。ていうか信じなくても仕方ないけど、でもメリーさんは信じてくれたよ？　確かに自分が柏村さんに……あ、柏村さんっていうのは、その交番のお巡りさんね。柏村さんに預けたものに間違いないって。私が拾った風呂敷包みには手ぬぐいとシャンプーと石鹸箱《せっけんばこ》が入ってたんだけど、お風呂帰りにお財布ごとひったくられちゃったものだって。お財布は戻らなかったけど、石鹸箱に結婚指輪が入ってて、そっちのほうが大切で、ホントに困っていたんだって。知ってる？　メリーさんが駅にいるのは、亡くなったご主人を探すためなんだよ」

「はっ」

ダミさんは妙な笑い方をした。

「メリーさんは何回か、ご主人が、亡くなった当時の姿のまま駅にいるのを見たんだって。それでね、私も一度、メリーさんのご主人を」

「ホントにうら交番へ行ったのかい？」

ダミさんがまた訊いたので、恵平は頷《うなず》いた。ビールを飲み干し、空いたジョッキをカウンターの上に置く。

「いつも行けるわけじゃないけど、恐い事件があったりすると行けるのか……そのへんのことはよくわからないんだけど、柏村さんが淹《い》れてくれるお茶が美味《おい》しくて、あのほうじ茶にはハマるんだなあ」

たっぷりのキャベツとメンチカツを皿に盛り、白いごはんと浅漬けとハマグリのすまし汁、小鉢に鶏のタタキを添えて、ダミさんは恵平の前に運んできた。

「うわ、美味しそう、見るとさらにお腹が空《す》くね」

恵平は箸《はし》を持ち、いただきますと頭を下げた。

「ケッペーちゃんさ……」

「うん、なに？」

いや。と、ダミさんは苦笑して、

「おかわりしてもいいんだぜ」

と、厨房へ戻って行った。

「マスター、焼き鳥のお任せセットね、あと、とりあえず中ジョッキを二つ」

機嫌のいい声を上げ、サラリーマンが暖簾《のれん》をくぐって入ってきた。恵平がご飯を食べているうちに、店はどんどん混んでくる。

カウンターが満席になる少し手前で、恵平は店を出た。お代は一八五〇円。なぜなのか今夜のダミさんは、喉《のど》に小骨が引っかかったような顔をしていた。


市立百合ヶ丘中学校は新興住宅地近くの小高い丘に立っている。芽吹いた木々が丘を覆って、吹き下ろす風がグラウンドに白線を引く生徒たちを撫《な》でていく。

入学式準備のために正門の周囲は掃き清められ、花壇の手入れや下駄箱の整理をする生徒たちが何人もいる。入学式を控えた翌金曜日。恵平と平野は、呉優子がもたらした情報の裏を取るためここへ来た。

「桃田先輩の推測どおりに、新三年生が登校しているようですね」

「ピーチはそういうところも優秀なんだ。刑事のボスに、もと鑑識官が多いってのも、頷けるよな」

「そういうところって、どういうところですか？」

自分で考えろという顔で平野は答えず、フェンス越しに校庭を眺めている。

「学校って、どこも似たような造りだよな」

それから学校の回りを一周し、改めて正門へ向かった。

「学校へは来てみたけれど、大した手がかりは得られませんね。かなえちゃんという子が生きているのかどうかも、校舎を見ただけじゃわからないし」

「そうでもないぞ」

と、平野は言った。正門の花壇には花々が揺れ、昇降口の扉にはスローガンを掲げた手書きのポスターが貼られている。下駄箱にはスノコが整然と並び、奥に見えるホールの床は光沢がある。天窓から射し込む光で昇降口やホールは明るい。

「花壇がきれいな学校は荒れていないし、廊下やホールにも埃《ほこり》やゴミが散乱してない。そういうところをきちんと見れば、良好な学校運営だとわかるだろ」

「白線を引き直していたから、部活も盛んなようですね」

「部活顧問はボランティアみたいなものだから、やる気のある先生が多いってことだ。でもまあ、どんな学校も問題は抱えてて、表出しないからこそ余計根深いってこともある」

「学校自体は健全でも、家庭の事情は様々ですしね」

昇降口から校舎の脇を通って中庭のほうへ歩いて行くと、飼育小屋と、それを掃除している女生徒が見えた。

「あっ！　飼育小屋。中学なのに珍しい」

金網張りの粗末な小屋を見た途端、恵平は平野を置いて走り出す。

「てか、待てよ、おい」

恵平は動物が大好きだ。鳩でも猫でも雀でも、それが蛇でもトカゲでも、生き物を見ると心が躍る。郷里では、小学校で鶏やウサギのほかに、ウズラや雉《きじ》も飼っていた。女生徒は二人いて、一人が飼育小屋の中を掃き、もう一人が水入れや餌入れを持って手洗い場に向かうところであった。

「ったく……しょーがねえなあ」

ブツクサ言いつつ平野が続く。この日は通常の捜査でないため、平野も恵平も私服である。普段はスーツ姿の平野もパーカーにデニムパンツを穿《は》いているし、恵平は大好きな無印良品《むじるしりょうひん》のカットソーに膝丈《ひざたけ》スカートという軽装だ。

「なにを飼ってるの？」

飼育小屋へ近づきながら声を掛けると、少女たちが振り向いた。金網を覗《のぞ》いてみると、畳二枚程の小屋に鶏とウサギが同居していた。頭上に横木が渡してあって、巨大な白色レグホンがとまっている。鶏冠《とさか》を揺らしながら鋭い目つきで恵平を見た。

「その子はオスね」

鶏を見て言うと、餌入れを手にした子が訊《き》いた。

「どうしてわかるんですか？」

恵平は金網に取り付いて鶏を指した。

「鶏冠に斑点《はんてん》があって頭のかたちが四角いでしょ？　メスは頭が小さくて丸いの。オスの方が脚も長くて、蹴爪《けづめ》の鋭さも違うし、一番わかりやすいのは、鶏のオスはメスよりずっと図々《ずうずう》しいの」

「図々しいって？」

小屋の中の少女が訊《たず》ねる。

「こうやって」

恵平は、パン！　と手を打った。何羽かの鶏は驚いてアタフタと走り回ったが、横木にとまった白色レグホンは平気な顔だ。

「ね。オスは堂々としているの」

それから二人に、「新三年生よね。生き物係？」と訊いた。

「そうです。でも、生き物係じゃなくて飼育委員です」

「今日は新三年生が全員登校しているの？」

「はい。入学式の準備で午前中だけ」

「飼育小屋も入学準備と関係あるの？」

「ないけど、休みの時は交替で鶏小屋と蓮池《はすいけ》の世話をすることになっていて」

「蓮池にはなにがいるの？」

「鯉と亀と蛙です」

後ろで平野が「ははは」と笑った。

「デートですか？　ここの卒業生？」

少女の一人がそう訊いた。

「ま、学校ってのは懐かしいよな。俺は放送委員だったけど」

「放送委員は競争率が高いので、なりたくてもなれないです。緑化委員や飼育委員は休みに出てこなきゃいけないので人気がなくて、くじ引きで決まるんですけど」

「俺の頃も人気なかったわ」

「私は動物が好きだから、喜んで生き物係をやってたけどな」

恵平が言うと、水入れを持った少女が訊いた。

「だから鶏のことに詳しいんですね」

「私の学校は田舎だったから、鶏のほかにウズラもいたのよ。近所にお豆腐屋さんがあって、おからをもらってあげたりしたの。卵があったら持ち帰っていいことになっていたけど、ここにはオスがいるからヒヨコが孵《かえ》るんじゃないのかな」

「孵るといいな。私も動物が好きで立候補したんです。家では動物を飼えないから」

「すごくなついた白色レグホンがいて、卒業するとき引き取りたいと思っていたのに、冬に凍えて死んじゃったのよね。あれには泣いたわ」

少女たちが一瞬視線を交わすのを、恵平も平野も見逃さなかった。

「死ぬと責任を感じちゃうし、辛《つら》いですよね」

少女の一人がそう言ったので、平野はすかさず話の矛先を変えた。

「俺が小学生のとき、同級生が血友病で死んだんだけど。あれはメチャクチャショックだったな。親には連絡が来ていたらしいが、俺たちは夏休み明け、学校に行って知らされたんだ」

少女たちはまた視線を交わす。続けて恵平が切り込んだ。

「春休みが終わっちゃうのに、出かけたりしないの？　当番があってダメ？」

「そんなことはないですけど」

少女の視線がどこかに向いた。中庭に雨よけのついた通路があって、校舎と校舎をつないでいる。恵平が振り向くと、屋根と柱だけの連絡通路に、メガネを掛けた少女が見えた。何冊かの本を抱えて歩いていく。

「優子ちゃん」

声を掛けると立ち止まり、誰だろうという顔でこちらを見た。

「呉さんの知り合いですか？」

鶏小屋の中でもう一人が訊く。

「動物を見せてくれてありがとう」

恵平が先に鶏小屋を離れ、平野のほうはその場に残った。卵、産んでないのかよ、と、少女たちの注意を逸《そ》らす。連絡通路の呉優子に近づいて行くと、彼女はようやく、恵平が誰か思い至ったようだった。

「警察のお姉さん？」

「そうよ。会えると思わなかったけど、会えてよかった」

連絡通路にはスノコが敷いてあり、上履きで往来する決まりのようだ。呉優子は赤いリボンを縫い付けた上履きを履いていて、土足の恵平の場所まで下りてはこない。

「本がたくさん。どうするの？」

訊くと彼女は教えてくれた。

「これは入れ替えした本で、欲しい人が持って行けるよう昇降口の箱に入れておくんです」

「優子ちゃんは図書委員？」

「そうです。でも今日は、入学準備で新三年生は全員出てます。私は図書館の飾り付けを」

「大変ね」

優子は声を潜めて訊いた。

「ここで何してるんですか」

「ちょっと話せる？　電話が気になって様子を見に来たの」

「あの人は彼氏ですか」

平野を見て訊く。

「先輩警察官よ。でも、今日は仕事で来たんじゃなくて、優子ちゃんの知り合いとして、休みを使って来ただけだから」

大丈夫？　と、恵平が訊くと、彼女は黙って頷《うなず》いた。

「かなえちゃんのお葬式は？　出られたの？」

首を振る。

「家族だけでやったみたいで、クラスには先生から連絡がきて、突然のことで大変だから、お家《うち》に行ったり電話したりしないでくれって」

「そう」

「かなえちゃんが付き合っていた人の事は？　聞いてる？」

頷いた。

「学校の人？　同級生とか、先輩？」

「違います。年上で、ちょっとイカれてるけど優しい人って言っていました」

「どこで知り合ったんだろう」

「薬を買ったサイトらしいです。かなえちゃんは好きだったみたいだけど、相手が大人って恐いですよね。騙《だま》されていたのかもしれないし……サイトのことも調べてくれるんですか」

「それもあって来てみたの。優子ちゃんはそうして欲しくて、私に電話をくれたんでしょう？」

優子はもう一度平野を見てから、

「学校の裏に公園があるんですけど」

本を抱きしめてそう言った。

「ええ。あったわね。来るとき近くを通ったわ」

「階段を上った先に水飲み場があるので、そのへんで待っていてくれますか？　本を置いたら、靴に履き替えて行きますから」

「わかったわ」

少女は足早にそこを去り、恵平は鶏小屋の平野を呼んで、学校を出た。

「そのサイトのこと、かなえちゃんは『箱』って呼んでいたんです」

しばしあと、公園のベンチに座って優子は言った。

「でも、お姉さんに電話をかけた次の日に、別の友だちに相談してみたら……もちろん、かなえちゃんがなぜ亡くなったかは喋《しゃべ》ってなくて、『なんかそういう「箱」ってサイトを知っている？』って聞いてみたら、知っていて」

「友だちもアクセスしてた？」

優子は頭を振ってみせた。

「その子は用心深いから関わったりはしないんだけど、ネット方面に詳しい子なので」

丘に立つ学校の裏山は市立公園になっていて、遊歩道や東屋が整備されている。樹木が多く、どちらかといえば鬱蒼《うっそう》とした公園で、広場などはないため、人の姿はほとんどない。山桜が春風に揺れているだけだ。水飲み場の近くは少し拓《ひら》けて、学校のグラウンドと、奥に広がる住宅地を見下ろせる。

優子と恵平は水飲み場近くのベンチに掛けて、後ろに平野が立っていた。

「その子が言うには、『箱』は隠語で、正式な名前は『ターンボックス』だって」

「ターンボックス……どういう意味だ？」

独り言のように平野が呟《つぶや》く。優子は振り向いてメガネを直した。式の準備で私服が多い生徒たちのなか、彼女だけは制服姿で、白いソックスを穿《は》いている。初めて会ったときも、精一杯のお洒落《しゃれ》をしている少女たちの中で、カーキ色のスウェットに黒いパンツを穿いていた。自我を突き通すタイプなのだろうと恵平は思った。

「サイアクサイテー詰んだ状態から起死回生できるって意味らしいです。巻き返せるからターンで、ボックスは、『パンドラの箱』のことみたい」

「パンドラが開けたのは、箱じゃなくって甕《かめ》だけどな」

「そうなんですか？　箱でしょう？」

と、恵平も平野を見る。

「『パンドラ』って小説読んだら、ホントは甕だと書いてあったぞ」

「あ、それ、私も読みました」

優子はようやく笑顔を見せた。

「私も箱だと思ってました」

平野は捜査手帳を出して、優子の話を書き付けた。

「優子ちゃんはそこにアクセスしていないよね」

「してません。うちはパソコンがリビングにあって、親も一緒に使うので。それに、変なサイトにアクセスすると、個人情報を抜き盗《と》られたり、ウィルスを仕込まれることがあるんですよね？　危ないから、うちではそういうの、禁止なんです」

「正しいな」

と、平野が笑う。

「優子ちゃん。三年生の先輩のこと、もう少し詳しく聞かせてくれない？　電話で言っていたよね、赤ちゃんを隠したって」

「はい。かなえちゃんから聞いたんですけど」

「あの夜に？」

コクンと頷く。

「お母さんが迎えに来るまで二人だけで駅にいたから、その時に。かなえちゃんと同じ吹奏楽部《すいそうがく》の先輩で、ぽっちゃり体型だからお腹が大きくなっても目立たなかったと、言っていました。夏休みに赤ちゃんが生まれてしまって、小さくて、もう死んでたのかな？　困って『箱』へ連絡して引き取ってもらったって」

「引き取った？」

証拠隠滅を請け負う新手のサイトがあるという、桃田の話を思い出す。

「袋に入れてどこかへ持って行ったみたいです。家の人にも気付かれなくて助かったって。その先輩が『箱』を紹介してくれたんだって言っていました。なかったことにしたんです」

膝《ひざ》に置いた手をキュッと握る。

「きみの友だちは薬をいくらで買ったんだろう。そういう話は聞いてないのか？」

平野が訊《たず》ねる。

「聞いてません」

「他には何か言ってなかった？　その、『箱』について」

少女は悲しげに頭《かぶり》を振った。

「そう」

恵平は優子の膝に手を置いた。

「優子ちゃんは、どうして私に電話をくれたの？」

少女はしばらく一点を見つめていたが、

「話さなきゃと思って」

やがて静かにそう言った。

「だって、ヤバいじゃないですか。赤ちゃんを引き取るとか恐いし、かなえちゃんが飲んだ薬だって、毒だったんじゃないのって思ったら、絶対誰かに言わなくちゃって。でも、お父さんやお母さんに話すとかなえちゃんのママに伝わっちゃうし……かなえちゃんのママは厳しくて、上手《うま》くいってないの知ってたし」

少しだけ首を傾げた。

「告げ口するみたいでイヤだったから。でも、黙っていて、もし」

「もっと犠牲者が増えたらと思うと、恐かった？」

頷《うなず》いた。恵平は膝に置いた手に力を込めた。

「電話もらえてよかったわ。サイトのことも教えてくれてありがとう。それでね、優子ちゃん。もうひとつ教えて欲しいんだけど、かなえちゃんのフルネームって」

「田中《たなか》かなえです」

「同級生だったのよね？」

「はい。新三年生で、受験生です」

「行きたい高校、決まっているの？」

「いちおう」

平野とわずかに視線を交わし、会話を終える了解を取った。

「じゃ、頑張らなくちゃね」

「私立は高くて出せないよって親に言われているので。あの、それで」

少しだけモジモジしてから、彼女は顔を上げて恵平を見た。

「まだ誰にも話してないんですけど、私、警察官になりたいんです。できれば刑事に」

突然言われて驚いた。

「どうして刑事になりたいの？」

「拳銃《けんじゅう》を撃ってみたいから。本物の銃を扱えるのは、日本では警察官だけですよね」

そういえば、前に会ったときも同じようなことを訊《き》かれた気がする。

「もちろん人を撃ってみたいとかじゃないですよ。拳銃を撃ってみたいんです。私、こんな見かけで冴《さ》えないし、根性もなくて、ひ弱いし」

「ひ弱いと銃は撃てないぞ。筋力をつけないと」

頭の上から平野が言った。

「マズルブレーキ付きでも筋力がないと発射の反動でケガをするんだ。それに、日本の警察が使う銃は映画みたいな射程もない。確実に当たるのはせいぜい五メートル以内で、反撃されれば凶器が突き刺さる距離でもある。根性も鍛えとかないと」

優子は瞳《ひとみ》を輝かせて平野を見上げた。

「……ほんとうに刑事なんですね、カッコいい」

平野はスッと両目を細める。

「本気で警官になりたいなら、歓迎するよ。警察はいつも人材不足だからな。ただし、覚悟して来い」

優子は立ち上がって「はい」と答えた。

「あと、警察官志望だからって、勝手に色々調べたりするなよ？　『箱』には絶対アクセスしないこと。友だちもだぞ、それは約束して欲しい」

　恵平も立ち上がって少女を見下ろす。

「約束できる？」

「約束します。でも、その代わり……」

　少女は恵平にも約束を求めたいのだ。かなえが死んだ事件を解決して欲しいと言いたいのだろう。約束はそれを守ると誓うことだから、警察官の卵に約束できることなど何もない。どう答えるのが誠実か、恵平が考えているうちに、

「あとは俺たちが引き受けるから」

　勝手に平野が答えていた。

「優子ちゃん、もしもまた聞きたいことがあった場合は、どうすればいい？」

「うちへ電話してください」

　優子はメモを探す素振りをみせた。

「優子ちゃん家《ち》の番号なら、私のスマホに履歴があるから。でも、私がお家《うち》にかけてもいい？」

「大丈夫です」

「そう。ありがとう」

と、恵平は言った。

「学校まで押しかけて悪かったな。ちなみに飼育小屋にいた子たちは、俺らをデート中の卒業生かなんかと思っているから」

「刑事って言ってないんですか？」

「言ってないよ。鶏の雌雄の見分け方を話していただけだしな」

「どうやって見分けるんですか？」

「あの子たちに聞いてみて」

恵平と平野はそう言って、呉優子が公園を出るのを見送った。


翌日の終業後、恵平と平野は鑑識の部屋で桃田のパソコンを覗《のぞ》いていた。呉優子から入手したサイトの名前は『ターンボックス』だったが、迂闊《うかつ》にアクセスするのではなく、その道に詳しい桃田に、先《ま》ずは協力を仰いだのだ。

丸の内西署は今日も平和で、伊藤も課長も定時に帰宅していった。

「平野から話を聞いて、少し検索してみたんだけどね」

鑑識活動服のまま、モニターを見つめて桃田が話す。

「ターンボックスで検索すると、ゴミ箱ばっかり出てくるんだよね」

「なんでゴミ箱なんだよ」

平野が訊く。桃田は文字を打ち込んで、それ見たことかとモニターの前から体を引いた。画面にはゴミ箱の画像が並んでいる。

「ホントだ、蓋《ふた》が回転するタイプ。これ、ターンボックスって言うんですね。ちっとも知りませんでした」

「ね？」

と平野に笑いかけ、桃田は再びキーを叩《たた》いた。

「で、英文でTURN　BOXと打ち込むと」

今度はゲーム画像のようなものと、プラグやコンセントの写真が出てきた。

「チューニング用の工具がヒットしてくるんだよ」

「妙なサイトは出てこないのか？」

「うん。そこで中学生が言う『箱』が活《い》きてくる。普通に『箱』で検索すると、段ボール箱などの梱包材《こんぽうざい》が上に来るんだけどね。でも……」

桃田は『匣《はこ》』と打ち込んだ。

「サイトの役割というか、目的から察するに、密閉性のある容れ物《い》を意味するこっちの文字の方が相応《ふさわ》しいってことなのかもね、わからないけど」

「中途半端な知識をひけらかしやがって」

パンドラの『箱』が『甕《かめ》』だったという小説の受け売りを盾に、平野が息巻いているので、恵平は苦笑してしまった。ズラリと並んだ項目をスクロールし続け、やがて桃田はひとつのサイトに行き着いた。『掲示板：匣』である。呼び出すと、白地画面の中央に『匣』という文字と、入口を示すアイコンのみが浮かんでいる。

「もっとおどろおどろしい感じかと思っていたら、普通でしたね」

「確かにあっさりしたデザインだな」

「グラフィックセンス皆無の人が作ったんだろうね」

「アクセスしても大丈夫と思うか？」

「調べたけど、サイト自体は単純で、仕掛けしてある形跡はないんだ。フィッシング目的じゃないからだろうね。それか、汎用《はんよう》性ソフトを使ったほうが特定は難しいと知っているのかもしれない。ここは入口に過ぎなくて、取引は宅配か郵送か、あるいは対面でやるのかも」

桃田は『入口』から内部に入った。モニターは一瞬ブラックアウトしたかに思え、次の瞬間、いくつかの四角いアイコンが浮かび上がった。

「なんだこれ」

と、平野が呻《うめ》く。

「箱ですか？　箱のシルエットみたいに見えます」

身を乗り出して恵平が訊いた。

モニターに並ぶのは色とりどりの図形だ。見ようによっては箱のシルエットのようでもある。相談室、アクセス、未成年、上様、などという文字が、それぞれに小さく書いてある。

「根っからセンスねえんだな」

やれやれという声で平野が言った。

「上様は、上得意か同業者だと思うんだ。パスワードを入れないと開かないようになっているから。アクセスするにもパスワードが必要なんだ。先ずは『相談室』か『未成年』のハコを開け、掲示板で話す仕組みのようだ」

桃田は『相談室』をクリックした。

画面が替わり、メッセージを書いた貼り紙が浮かび上がってくる。

——なにかご相談がありますか？——

短い文章ながら威圧的な雰囲気もある。

「タダで閲覧だけされないようにしてるんだ。書き込みしないとブロックされる」

「なるほどね」

平野は言って、恵平を見た。

「おまえ、なんか相談ないのかよ？」

「私ですか？　特には……」

桃田が二人を振り向いた。

「メンヘラな感じでアクセスしてみる？」

「それはいいけど、どんな感じだよ」

――相談する　相談しない――

桃田は貼り紙の下にある『相談する』のアイコンを押した。ペラリと貼り紙が消えていき、情報入力の画面に行き着く。ハンドルネーム、性別、年齢を書き込まないと先に進めない仕様のようだ。

『ハンドルネーム：暗闇の穴　性別：ジェンダーレス　年齢：14』

「嘘つきめ」

と、平野が笑う。桃田がキャプチャで画面を撮ると同時に、それは消え、真っ黒な画面に赤い文字が浮かび上がって、恵平はゾッとした。

一瞬でそれも消え、あとは文字だけの掲示板が表示される。

——449：キング　こんにちは　暗闇の穴さん——

すでに誰かが待機していたのか、『キング』という人物が話しかけてくる。

「ホントに閲覧だけじゃダメなんですね」

「どうすんだピーチ」

桃田はわずかに目を細め、前のめりになってキーを叩いた。

——450：暗闇の穴　こんにちは　キングさん——

「ジェンダーレスの十四歳になるしかないだろ。ぼくだって、まさか待ち構えているとは思わなかった。掲示板を閲覧するだけのつもりだったのに」

——451：キング　暗闇の穴さんは初めてだね　ここのことを誰にきいたの——

「どうするんですか」

と恵平は、画面をスマホで撮っている平野を見た。

「落ち着けって。今さらしょうがねえだろ。ピーチに任せた」

桃田の指が静かに動く。

——暗闇の穴　それ　言わなきゃダメですか——

——キング　ききたいなあ——

——暗闇の穴　学校の先輩です　ここに相談すれば　なかったことにできるって
——

「わー、この先どうしよう」

　キーを打ちながら桃田がわめく。

「絶対に警戒させんなよ。ピーチ、おまえは十四歳だ。十四歳になりきって喋《しゃべ》れ」

「中坊の記憶なんか、もうないよ。下ネタに興味があったくらいかな」

「そんなもんだ。それでいけ」

「はあ？　そんなこと、どう相談するんだよ」

「二人とも待って下さい。なんか論点がずれてませんか。下ネタじゃなくて、もっとこう、起死回生の話をですね、田中かなえちゃんは怪しい薬で死んだんですよ」

「ん？」

　と、平野はモニターを覗《のぞ》き込む。

「このサイト、あまり盛《さか》っていないようだな。ピーチ、投稿の速度を落とせ」

——キング　何をなかったことにしたいんだい？——

「ほらきた、どうする？　どうすればいい？」

「十四歳のジェンダーレスが、普通に悩むことを書いたらどうですか」

「だからそれがわからない。アクセス前に準備をしておくべきだった」

「桃田先輩、落ち着いてください。少し時間を稼ぎましょう。こういうの、初めてだから指が震えて上手《うま》く打てないって言うんです。タイピング速すぎです」

「わかった」

桃田は恵平の言葉通りに打ち込むと、『ごめんなさい』と末尾に入れた。その間に平野は画面を縮小し、撮れる限りの写真を撮った。

「オッケーだ。既存コメントは記録し終わった」

「なこと言っても、急に落ちると向こうが怪しむ」

——キング　あわてなくていいから話してごらん　何が欲しいんだい　それともなにか　して欲しいのか——

「なんでもできるんですかと訊《き》いて下さい。桃田先輩」

——暗闇の穴　なんでもできるの？　どんなものでも手に入る？——

桃田は手の甲で額を拭《ぬぐ》い、メガネのフレームを押し上げた。

「よし……少し冷静になってきた。もっと下調べするべきだったけど、入らなきゃわからないから結局は一緒か……いや、心構えくらいはできたと思うな」

「大丈夫です。その意気ですよ」

「つか、ケッペーに励まされるって」

　平野が笑う。

「うるさい平野」

　桃田は袖《そで》をまくり上げ、パソコンに覆い被《かぶ》さった。一気にキーを打ちそうなので、恵平がすかさず言った。

「普通に打っちゃダメですよ。先輩はいま中坊なんだから」

「そうか、そうだったね」

　わざとらしく一本指でキーを叩《たた》き始める。その頭に向かって平野が訊いた。

「なんで釣る？　堕胎薬はちょっとヤバいか」

「でも、一番需要があるんじゃないのかな」

「だな。じゃ、それでいこうぜ」

　――暗闇の穴　妊娠したかも　なかったことに――

　――キング　何週くらい？　そういうの　わかるかい――

　――わからないけど　来なくなって二ヶ月くらい――

――どこの中学校だって？――

「マズい。百合ヶ丘中学校の名前は出すなよ、すでに一人死んでいるんだ。今さら同じ薬を手に入れようってガキがいるのは、いくらなんでも不自然だからな」

「じゃあどうするんだよ。他の中学校なんて、名前すら知らないぞ」

「桃田先輩。時間稼ぎに『言わなきゃダメですか』って訊いて下さい」

桃田の後ろで恵平たちは、スマホを使って学校名を調べた。町田市に限定するべきか、それとも二十三区内まで広げていいのか、考えながら。

――それも言わなきゃダメですか――

――自分で使う？　それとも　誰かにあげたいのかい――

――ともだち　大切なんです　困っているから――

――学校の名前は？――

「ピーチ、これだ。私立聖城《せいじょう》学園中等部」

「そんな名門校の名前を挙げていいんですか」

驚く恵平に平野が答える。

「だからこそだ。名門だから敵は驚く。逆に驚かないのなら、『ハコ』はそこにも蔓《まん》延《えん》してるってことだ」

「オッケーわかった、たしかにね」

――私立聖城学園中等部です――

桃田は学校名を打ち込んだ。

すると相手の動きがパタリと止まった。返信が来ない。

「なにかマズかったでしょうか」

「いや……？　どうなってんだ」

「たぶんキングは独りじゃないんだ。後ろに誰かいるんだよ」

桃田がそう言ったとき、文字が浮かんだ。

――先輩のハンドルネームを教えてもらって　またおいで　相談に乗ってあげるから――

「もしかして、生徒につなぎがいるんじゃないか？　ハンドルネームが合い言葉になってる可能性もあるな」

「これまでだね」

と桃田は言って、わかりましたと打ち込んだ。

モニターが検索画面に戻るのを待って、平野が呟《つぶや》く。小さくため息を吐いている。

「ヤベえ……こんな慎重対応だとは思わなかったぞ。頭の軽いチンピラがやってるわけじゃなさそうだ」

「確かにね、肝が冷えたよ」

そして桃田は平野の顔をじーっと見上げた。

「なんだよ」

「キャラメルミルクラテ。署の自販機で売っている」

「あ？　俺に買ってこいってか」

「当然だろ。平野の捜査に協力しているんだから」

すると平野は恵平を見た。

「私ですか？」

と言ってはみたが、たしかに自分が言い出しっぺだ。恵平はポケットから小銭入れを出して確認した。飲み物三つで三六〇円は払えそうである。

「俺はコーヒー、ブラック、ホットで」

「わかりました」

コーヒーは安いから、三四〇円になったと思いながら部屋を出ようとすると、

「あ……ちょっと待て」

と、平野が言った。

「メニュー変更ですか?」

「そうじゃない。ここを見てくれ」

撮ったばかりの画像をチョイスし、一部を大きく表示した。

「さっき俺が、『このサイトはあまり盛っていない』と言ったの、覚えているか?」

「さあ」と桃田は首を傾げる。

「言ったんだよ。その理由がこれだ」

画像には桃田が『相談室』にアクセスする前の履歴が残されていた。

桃田の前に相談室を訪れていたのは、『戌《いぬ》』というハンドルネームの人物で、相談に乗っているのはキングではなく、『穴男《あなお》』という人物だった。書き込みの日付は三月二十三日の深夜であり、戌は『品物』の引き取りを要求している。相談はまとまったらしく、戌は穴男から、別のハコの鍵《かぎ》となる数字を教えてもらったようである。

「この数字って『アクセス』のハコとかのパスワードでしょうか」

「たぶん。掲示板に残しっぱなしってことは、時間や日付で変わるパスワードなんだ。相手によって誘い込む場所が違うんじゃないのかな。十四歳のぼくなら、またアクセスして交渉が成立すれば、パスワードを教えてもらって、『未成年』のハコに誘導されるんだと思う」

「相談室、アクセス、未成年、上様のうち、『相談室』が入口兼受付で、『未成年』と『アクセス』は売買契約窓口みたいな位置づけでしょうか。じゃあ、『上様』はなんですか？　お得意様？」

「『その筋』専用窓口とかな」

冗談めかして平野が言う。

「いや、笑い事じゃないのかも……犯罪そのものを『なかったこと』にするビジネスの、上得意様専用窓口とかさ」

「子供だけをターゲットにしているわけじゃないってことですか？　例えば暴力団や売人や児童買春の常習者なんかもアクセスするとか」

「うん。ぼく的に不思議だったんだよね。子供相手の商売なんて、せいぜい遊興費を稼ぐ程度のものだろう？　もっと裏があるのかも。『なかったこと』にできるって、考えようによっちゃ、すごいことだよ」

「よせやい、メキシコの麻薬戦争じゃあるまいし。ここは日本だぞ」

「メキシコの麻薬戦争って、なんですか？」

平野は顔をしかめて言った。

「三年くらい前かな？　ベラクルス州の農場から、男女合わせて二百四十四人もの死体が出た事件があったじゃないか」

「二百四十四人……ですか」

恵平は言葉を失った。

「被害者たちは麻薬カルテルの抗争に巻き込まれて行方不明になっていたんだ。地元警察が動かないから家族が捜索して見つけたんだが、行方不明者の総数は三万人近くもいるんだってさ。むこうじゃリンチも殺人も死体損壊も遺棄隠蔽《いんぺい》も、すべてがビジネス化されてるって話だ」

「その手のビジネスは場所を選ばず展開できるのかもね。顧客もいそうだし」

「麻薬カルテルですか？」

「そうじゃなく、『なかったことにする』ビジネスだよ。やっぱり堀北の勘が冴《さ》えていて、池田さんに報告すべき案件を引き当てたってことかもね」

椅子の背もたれに体を預け、腕組みをしてから桃田は言った。

「……ところで堀北、ぼくは糖分が欲しいんだ」

「あ、わかりました。すぐ買って来ます」

出口に向かうとノックがしてドアが開き、河島班長が半身を挟み入れてきた。

「なんだ、堀北か。平野はいるか」

恵平が振り返る。平野は桃田のデスクから首を伸ばしてこちらを見ていた。

「班長、何かあったんですか」

河島は部屋に入ってきてこう言った。

「東大の法医学教室から連絡がきた。丸の内一丁目で転落死したホトケさんの件だ」

「は？」

と平野は眉《まゆ》をひそめる。桃田も椅子に掛けたまま、体をぐるりとこちらへ向けた。

「死因に不審な点があるそうだ」

「その件はすでに落着したんじゃ？」

「うちの署ではな」

と、河島が言う。恵平の脇に立ち、参ったという顔で頭を掻《か》いた。

「電話くれたの、有名な凄腕《すごうで》検死官なんだよな。俺は初めての先生だが、食えねえ感じの声だった。あのホトケさんは引き取り手がないからサージカルトレーニング用の献体になったらしいんだが、それが東大へ運ばれて、件《くだん》の先生のクラスが解剖した。そうしたら、何かみつけたようなんだ」

「サージカルトレーニングって、なんですか？」

恵平が聞くと、河島が言った。

「手術や手技の練習に生身の人間を使うわけにはいかないからな。死体解剖保存法って法律があって、引き取り手のない遺体の一部が大学や研究機関に交付されているんだよ。例のホトケさんは転落死で損傷があったから、法医学教室へ送られたのさ」

「いったい何が見つかったんですか」

桃田が訊《き》くと、河島は首をすくめた。

「さあな。すぐに飛んで来いとのお達しだ。一緒に行けるか？」

「もちろんです」

平野は脱いでいた上着を手に取った。

「あの、私も」

小銭入れから一二〇円を抜いて恵平が言う。

「私も行くと邪魔ですか？　なんでも経験したいんです」

河島はちょっと考えてから、

「いいだろう。確かにそれも勉強だ」

と、身を翻す。恵平は桃田のデスクに小銭を載せた。

「すみません。キャラメルミルクラテを買ってこられなくて」

「いいよ、ぼくが自分で行くから」

桃田は爽《さわ》やかに笑い、平野たちを追いかける恵平に、

「今度は吐くなよ」と、声をかけた。

「わかりました！」

足取り軽く廊下を駆けて、恵平は署を飛び出した。

第四章　死神と呼ばれる検死官

河島班長の車で連れられてきたのは、本郷《ほんごう》にある東京大学のキャンパスだった。まだ学生だった頃、恵平は友人と、有名な赤門や歴史あるキャンパスを、観光気分で見学に来たことがある。巨大な銀杏《いちょう》がふさふさと枝を揺らす構内は、静かで落ち着いていて、浮ついた感じが少しもなくて、古い煉瓦《れんが》の研究棟には、ここで学んだ者の矜持《きょうじ》が染みついているように感じたものだ。夜の東大はさらに静謐《せいひつ》で、所々に灯《とも》る明かりが古い時代にタイムスリップしたような雰囲気を醸し出している。東京駅と同じ赤煉瓦の校舎を見上げて恵平は、東京駅の過去の姿を想像できるような気がした。

「先方に連絡するから、ちょっと待て」

河島班長は車の脇から電話をかけた。どこへ行けばいいか訊《たず》ねている。

「マジ大丈夫かよ」

同じように車の外で、恵平の隣に来て平野が訊いた。

「何がですか？」

「司法解剖見たことあるのか」

「ないですけど、丸の内西署に配属されたおかげで、ご遺体は何度も見てます」

「それはそうだが、司法解剖ってのは、なんというか、別の意味でクルものがあるんだよ。頼むから、ぶっ倒れるような恥ずかしい真似はすんなよ？」

恵平は小首を傾げた。凄惨《せいさん》な殺人現場より衝撃的な何かがあるなんて思えない。それよりも、法医学者がどんな人物で、どんな視点で、何に気付いて河島班長に連絡をくれたのか知りたい。自分がどんな人たちと仕事をし、何ができるのか、知識を積み重ねていくことで、方向や指針が見えてくるような気がするからだ。恵平は、犯罪に巻き込まれて悲しむ人を減らしたかった。

「はい……はい……わかりました。今からそちらへ向かいます」

河島は電話を切って、「行くぞ」と言った。

スマホに表示した構内案内図を確認しながら歩いて行く。平野が続き、恵平が後を追う。風が強く、外灯の支柱が揺れるのに合わせて歩道の砕石や煉瓦壁の凹凸が光に揺れる。巨大な木々がサワサワと鳴り、頭上を雲が流れていく。まばらな方向へ枝を揺らす樹木を見上げて、恵平は郷里の山々の豊満な木々を思い出した。

「急げ、こっちだ」

「あ、はい」

平野に呼ばれて駆け足になる。先に病院の救急搬入口のような施設があって、小さな明かりが灯っていた。河島と平野は車寄せに立ち、鉄の扉を見つめている。

「丸の内西署組織犯罪対策課の河島です」

インターフォンのブザーを押して河島が言うと、

「いま開ける」

と、女性の声がした。てっきり男性医師が答えるものと思っていたのに、そうではなかった。ガチャンと音がして鍵《かぎ》が開いた。

「奥までずっと入って来て」

河島は振り向くと、平野と恵平がいるのを確認してから扉を開けた。

非常灯の明かりが薄暗い廊下とリノリウムの床を照らしている。三人が入るのを待って、扉は勝手に施錠した。消毒液とホルマリン、そして何かの臭いがしている。

「なんか……ホラー映画みたいな雰囲気ですね」

囁《ささや》くように恵平が言うと、

「ばか、黙ってろ」

と、平野が叱った。河島は先へ行く。履き古された革靴が、ペコ、パコ、ペコ、と響いている。平野が続き、恵平も急ぐ。無機質で殺風景な廊下には、運ばれてきた遺体の気配が残されている。

「突然呼び出して悪かったねえ」

廊下を少し進んだ先に、痩《や》せて白衣を纏《まと》った初老の女性が立っていた。白衣の下はスカートで、細くて長い足にハイヒールを履いている。ボブカットの髪は銀髪で、銀縁メガネを掛けていた。

「いえ、こちらこそ。お知らせ頂いて恐縮です」

河島は歩み寄りながらポケットに手を入れて名刺を取り出し、彼女に渡した。

「丸の内西署の河島です」

それから後ろを振り返り、

「部下の平野と、研修中の堀北です」

と、残りの二人を紹介した。白衣の女性は腕を組み、首を傾げて恵平らを見た。

「平野です」

平野も名刺を差し出すが、恵平には何もない。

「新人警察官として研修中の堀北恵平です」

ただ丁寧に頭を下げた。

「法医学教室検死官の石上妙子《いしがみたえこ》です。今は名刺がないので、あしからず」

検死官は河島と平野の名刺を受け取ると、確認もせずに白衣のポケットに落とした。

「それじゃ、早速見てもらおうか」

カツ、カツ、カツ、とヒールを鳴らして先へ行く。白衣の裾《すそ》が翻り、廊下の空気が切り裂かれて行くかのようだ。先にいくつもの部屋があり、検死官は扉を開けた。

薄暗い。剝《む》き出しの壁に剝き出しの床。室内は広く、ステンレス製の解剖台が幾つも並び、剝き出しの天井から照明器具が下がっているが、明かりが点《つ》いているのは一箇所だけだ。その下に、白布を掛けた遺体らしきものが置かれている。

さっき平野にはああ言ったが、恵平は緊張してきた。殺人現場の生々しさや凄惨さなどは微塵《みじん》もないのに、ここには耐えがたい静謐さと恐怖がある。それは死者が決して生き返らないという当たり前のことを突きつけられる恐怖だろうと、恵平は分析した。溢《あふ》れ出る血も汚物もないが、全裸でステンレス台に置かれて凍えもしなければ動きもしない、歴然たる死を目の当たりにする恐怖だ。

洗浄用の蛇口にしまりの悪いものがあるのか、ポタリ、ポタリと水滴の音がする。静まりかえった室内は、奥へ行くほど暗くなる。

「悪いね、うちはまだ最新設備とはいかないもので」

そう言いながら、検死官がスイッチを捻《ひね》る。遺体を照らすライトが数倍明るくなって、まばゆいほどに白布が光り、恵平は瞬《まばた》きをした。検死官は喋《しゃべ》り続ける。

「このホトケさんは泥酔転落死だったんだよね？」

光から外れた場所で手を洗い、ラテックスの手袋を両手にはめた。

「そうです。えーっと、パ……なんだったかな」

「パルクールです」

河島が言葉に詰まり、平野が脇から補足した。再び河島が報告をする。

「工事現場に侵入し、酔って、そのパルクールをしているうちに、誤って地下へ転落し、亡くなった……」

「パルクールってなに？」

検死官が訊《き》く。河島の視線を受けて平野が答えた。

「簡単に言うと、走ったり跳んだり登ったりするスポーツですが、転落死した人物はそれを街なかで行って、動画をネット配信して稼いでいたのです」

「ああ、コマーシャルで見たことがある。忍者みたいに壁を駆け上がったり、階段から飛び下りたりするヤツね。つまり、首の骨が折れるまで、彼は元気に跳びはねていたってわけだ。泥酔状態で、気分よく」

ラテックスがパチンと鳴った。彼女は解剖台に近寄ると、遺体にかかった白布をつまんだ。恵平は思わず拳《こぶし》を握る。

「転落事故の所見から、彼は司法解剖のトレーニング用献体となった」

検死官は恵平に目を向け、「お嬢ちゃん」と低い声で訊いた。

「解剖用の献体だけど、どう処置されるか知ってるかい？」

「いえ。存じ上げません」

検死官は頷《うなず》いて、白布の端を引っ張り上げた。

「防腐処理は技術員がする。エタノール、ホルマリン、エチレングリコール、そして水。そうした成分の防腐液を注入し、遺体を密閉して固定する。でも、脳は完全に固定できないから、開頭して摘出し、別途浸漬《しんし》固定するんだよ」

白い布がまくられていく。脳を取り出されたというけれど、一見すると普通に見える。顔色が極めて悪く、半分固まったような皮膚が人間離れしているほかは。

恵平は、決して目を逸《そ》らしてはいけないと自分に言った。それではご遺体に失礼だから。

「次に一週間程度室温に置き、迅速防腐処理装置に入れて三週間程度処理するか、急速遺体防腐処理装置を使えば、二週間程度でホルマリンをアルコールに置換できる。こうして処理さえ施しておけば、長期間の保存が可能になる」

解剖台のライトが遺体を照らす。この男性は三十前後と聞いた気がする。長めの髪で、病的に目窪《めくぼ》が落ちている。眉根《まゆね》で何かがキラリと光る。丸くて小さな金属が、眉を貫通しているようだ。恵平は敢《あ》えて深く息を吸う。自分自身を鼓舞するために。

「ところが彼は司法解剖の献体で、完全に固定する前の状態なんだよ。防腐処理後に一週間、室温に晒《さら》した状態ってことだけど」

河島も平野もなにも言わない。銀髪で痩せていて、ヒールを履いて目つきの鋭い検死官に、どうしてここへ呼ばれたのだろうと考えている。

まるで愛《いと》しい相手を起こすかのように、検死官は優しく白布を取り払う。あれほど自分を律していたのに、恵平は思わず顔を背けた。蠟人形《ろうにんぎょう》のようだと思った遺体は、布を取り払うと、鎖骨から下が空洞だった。切開された皮膚が体の両側にめくられて、肋骨《ろっこつ》も、臓器もない。胴体に空いた巨大な穴は、そこに詰まっていた魂が、洗いざらい取り払われたかのようだ。

――ぶっ倒れるような恥ずかしい真似はすんなよ？――

平野の言葉がリフレインして、恵平は、バチバチバチッと瞬きをした。

「内臓はまだ戻していない。これを見て」

解剖台の脇に置かれたいくつかの箱から、一つを手にして検死官は言った。

遺体の首のあたりに置かれたそれは外された肺だ。嘘でしょ、と恵平は自分に訊いた。いや、司法解剖がどういうものかは知っている。でも、パーツごとに取り外された臓器を目の当たりにすると、死とはどういう状態なのか思い知る。平野が言った別の意味でクルものとはこれだ。このことだったのだ。

「肺ですね」

河島が言う。

「そう、肺ね。で、本当に見るべきはここ」

検死官は手袋をはめた指先で、肺の表面をゆっくり押した。

「わかるかい？」

と、河島に訊く。班長は首を傾げるばかりである。

「プクプクしているだろう。よく見て。ちゃんと」

白い光に臓器が浮かぶ。検死官の指が肺を押すたび、プクプクとへコんで空気のような音がする。

「彼の肺の表面は空気だらけだ。確かに首も折れてるし、死後に折れたわけじゃないけどね。でも『溺死肺《できしはい》』の状態なんだよ。どうしてだろうね？　転落死したはずなのに」

検死官は首をすくめた。

「溺死なのに空気がたっぷりなんですか？」

別の疑問を感じて恵平が訊く。この男性が遺体になった経緯について、見逃せない何かがありそうだということが、ショックを凌駕《りょうが》しつつある。

「いい質問だ」

彼女の細い銀縁メガネがキラリとライトを照り返す。

「溺《おぼ》れるときは、鼻や口から溺水が入って気管を通り、肺に達する。その勢いで溺水は肺の奥へと流れ込み、もともとあった空気を押し出す。そして表面に空気が溜《た》まる。それがこの状態だ」

「工事現場で溺死したっていうんですか」

平野が訊いた。驚きを隠せないという声だ。

「転落場所に水たまりが……いや、現場に水なんかなかったぞ」

河島が言う。恵平には意味がわからなかった。

「もう一度訊くけど、死亡現場で、忍者もどきのパフォーマンスを、このホトケさんが、やってたってのは事実かい？」

「彼が工事現場へ侵入する様子は防犯カメラに映っていました。中で好き勝手している様子も、です。別のカメラに映っていました」

「妙だねえ」

検死官は嫌みなほどに首を傾げる。

「いいかい？　酩酊《めいてい》してドブに落ちてさ、わずか数センチの水で溺れ死ぬってことは確かにあるよ。前後不覚に酔い潰《つぶ》れてるから、覚醒《かくせい》できずに溺れ死ぬ。そういうホトケさんを解剖すると、やっぱり溺死肺が確認できる。でも、この彼はそうじゃない。直接の死因は転落による頸椎《けいつい》骨折と神経断裂、脳挫傷《のうざしょう》だけど、その直前に溺れていたってことになる」

検死官は肺を片付け、遺体の上半身を白布で覆った。固く目を閉じた男の顔には、鼻にも唇にもこめかみにも、耳にも頰にも無数の穴が開いている。

ああそうだ、現場へ臨場したときに、ホトケさんは全身がピアスだらけだったと、平野先輩が言っていたっけ。

けれど実際に目にすると、恵平が漠然と想像していたよりずっと数が多かった。こんなにピアスをつけていたら、光沢のある吹き出物みたいに見えただろう。そのせいで人間離れした風貌《ふうぼう》となり、一種異様な迫力がある。体に穴を開けたい病気なんじゃないかと思う。本名はなんだったっけ。この人は産み捨てられて、病院の院長が名付け親になったと聞いた。病院の名前は……。

「黒田翼」

と、恵平は言った。

「なんだって？」

と、検死官が訊《たず》ねる。

「この男性の名前です。黒田翼というんです」

「おまえ、よくそんなこと覚えているな」

平野が言った。

「そうかい」

検死官は遺体の額に手を置くと、ピアスの穴だらけの顔に微笑んだ。

「ようやくあんたが誰かわかった。黒田翼。いい名前じゃないか」

それから恵平の目を見て言った。

「黒田翼の肺を調べた。さっきもちょっと話したけれど、ホルマリンがアルコールに置換される前の状態でね。そうしたら、溺水からエチルエステルが検出された」

「それはなんです」

と河島が訊《き》く。

「エチルアルコールの化合物。特有の香りを発する。安物のウイスキーに入っている
ヤツだったよ。彼、黒田翼は発見時、凄《すさ》まじいアルコール臭がしたろうね？」

「酒で溺れたって言うんですか」

「酒に溺れる。文字通りにね」

検死官はニタリと笑った。

「そこで一つの疑問が残る。あんた」

人差し指を微《かす》かに動かし、平野に目をやる。

「黒田翼が工事現場で、その、なんだっけ、パルクール？　それをやって暴れている
のを見たと言ったね？」

平野は何かに気付いたようだ。声を出さずに頷《うなず》いた。

「酒好きがいくら呑《の》もうと、溺死肺になんかならない。それに」

「そんな状態でパルクールはできない？」

平野は続けた。

「そういうことだ」

河島と平野は顔を見合わせた。

「……え……じゃ、この人は」

「事故死ではなく他殺ってことね――」

検死官は黒田翼の全身を布で覆った。改めて死体検案書を送ると付け足して、

「――死んですぐ、まだ固定液を注入する前に司法解剖できればよかったんだけど、今わかるのはそれだけだ。ま、色々と手の込んだ仕掛けがしてあったようだから、事故と思っても仕方がないのかもしれないけどさ」

嫌みったらしく両手を挙げた。

「申し訳ありません」

河島が頭を下げると、

「詫《わ》びはいらない。余計な仕事を増やしたと文句を言われても仕方ないのに、あんたたちはすぐ来てくれた。丸の内西署だって？　東京駅の近くだったね」

「そうです」

「あんた、そこのお嬢ちゃん」

「はい」

「あんたは刑事の卵かい？」

「いえ、まだ、刑事どころか警察官の卵です」

検死官は恵平をじっと見て、静かに言った。

「遺体には名前がある。それが献体でも、被害者でもね、人にはみんな名前がある」

「はい」

「ホトケさんを名前で呼ぶのはいいことだ。ケッペイって言ったっけ」

「そうです。堀北恵平です」

「一度聞いたら忘れない、いい名前だこと」

と、彼女は笑った。

「残念だけど忙しくなるねえ。黒田翼をこんな姿にしたヤツが、どこかにいるってことだから」

「はい」

と平野も同時に言った。

鋭い目つきの女性検死官に礼を言い、三人は夜の解剖室を後にした。

「くそ……チクショウ……参ったな……」

駐車場へ向かって歩きながら、河島はセカセカとスマホを取り出した。

「署長に話して捜査をやり直さなきゃならん」

呼び出しながら平野を振り向く。

「防犯カメラの映像だが、残っているかな？」

「保管庫にコピーがあるはずです」

「明日《あした》ピーチに確認させてくれ。映っていたのは本人とばかり思っていたが、本人のフリした別人だった可能性が出てきたからな」

「そうですね」

「くそ……あの時すぐに気付いていれば……あ、もしもし？」

どうやら署長がでたらしい。河島が話し始めたので、平野は恵平を振り向いた。

「警視庁にもうひとつ、伝説があるのを知ってるか？」

「うら交番の他に、ですか？　いいえ」

「猟奇遺体に目がない変人検死官がいるって話だ。東大の法医学部に」

「もしかして」

「本庁では『死神女史』と呼ぶって話だが、石上女史のもじりだったんだな」

平野は法医学部の建物を見上げ、

「会えて光栄だったと言うべきか……」と、呟《つぶや》いた。

「なんか、雰囲気はピッタリですね」

恵平は検死官がいた建物に頭を下げた。古い煉瓦《れんが》の研究棟である。通りに背の高い木が生えて、枝々がノスタルジックな窓を覆っている。この建物とあの女性はすごく似合っていると思った。遺体の名前を気にするあの人だから、遺体の声を聞けるのだろう。彼女はそれを伝えてくれた。ここから先は警察官の役目である。

「事故死じゃないとわかってよかったですね」

平野に言うと、「まあな」と答えた。

「うっかり見逃すところだった。あんな外見だしな、不法侵入でパルクール……俺は先入観で判断していた。まずったな」

「そうですね」

「そこは慰めるところじゃねえのかよ」

「ていうか……あれ？」

恵平は再び遺体搬入口を振り返った。河島はまだ電話している。

「あの人……亡くなった黒田さんって、すごく特異な風貌でしたね。顔中ピアスで」

「だから？」

「平野先輩が聞き込みしたとき、ニックネームを言ってませんでしたっけ」

「は？」

不機嫌な声を出しながらも、平野は捜査手帳を確認する。

事故で落着した案件のことなど、疾《と》うに忘れてしまっているのだ。スマホのライトで手帳を照らし、平野は黒田翼のページを開いた。

「ニックネームはアナオだな」

恵平は平野に詰め寄った。

「やっぱり。ご遺体を見て思ったんですけど、体中にピアスの穴があるからアナオなんじゃないですか、穴の開いた男でアナオ」

「だから？」

恵平は地団駄を踏んだ。

「ア、ナ、オ。穴に男で穴男です」

「サックリ言えよ……あっ」

平野もようやく気が付いた。

「ターンボックスの相談人か？」

「そうです。キングって人と話したとき、先輩、言ってましたよね？　このサイトは盛ってないと。前の書き込みから随分日付が経っていたからです。もしかして、穴男が死んでキングに替わったとかは、ないですか」

「いや……」

平野は手帳を確認し、

「掲示板の日付は二十三日だった。事故は二十五日の深夜……そんな偶然、あり得るか？」

と、恵平ではなく空間に訊《き》いた。

「偶然じゃないのかもしれないじゃないですか。亡くなった女子中学生が駅にいたのは、アナオが死んだ翌日ですよ」

「あの男に会いに来ていたっていうのかよ？　でも、友だちと一緒だったんだろう」

「別行動したかもしれないじゃないですか。友だちとカフェに行ったあと、少し用事をしたいと言って離れるとか……優子ちゃんに訊いてみますか？」

「そうだな」

「朝になったら確認します」

話しているうちに、河島班長も通話を終えた。二人の部下を振り返って言う。

「行くぞ」

車の中で河島は、おそらく再捜査になるだろうと語った。件《くだん》の検死官は有名で実績もあるから、提言を無下にすることはできないと署長が判断したのだという。

産み捨てられて、生きてきて、挙げ句に不幸な死に方をした。その人生の真実が歪《ゆが》められたまま終わらなくてよかったと恵平は思う。車が駐車場を出て行くとき、恵平は、黒々と樹木に覆われた構内を見上げた。藍色《あいいろ》の空にキラキラと星が瞬いて、もう見えなくなった法医学部の建物で、彼の遺体を保管庫へ運ぶ死神女史の姿を思った。警察官は孤独じゃない。特に刑事は、こんなに多くの仲間がいるのだ。

署に戻って車を降りると、恵平は河島に、同行させてもらったことの礼を言った。

「ぶっ倒れるかと思ったが、よく頑張ったな」

河島はニヤリと笑い、

「それじゃ、俺は忙しくなるから」

そう言って先に建物へ消えた。

「あのさ」

班長を見送ってから平野が振り向く。時刻は午前零時少し前。夕飯に誘われるには遅すぎる時間だと考えていると、

「たぶん捜査本部が立つと思うが、今回は首を突っ込むなよ」

平野は片手をポケットに入れ、空いた方の手で前髪を掻《か》き上げた。

「どういう意味ですか？」

「生活安全課の研修中だろ？　そういう意味だよ」

「でも、ターンボックスのことは池田巡査部長に報告すべきだと思うんです」

「それはかまわない」

「それに、サイバー犯罪を含む生活経済全般の捜査は生活安全課の仕事です。ターンボックスが青少年をターゲットにしているならば、これは通常業務では？」

平野は一瞬だけ天を仰ぐと、今度は首の後ろを掻いた。

「帳場が立っても、うら交番へは近づくなって言ってるんだよ」

「え？」

うら交番のことなど考えてもいなかった。

「まさか、猟奇事件に発展すると思うんですか？」

「そうじゃねえよ」

恵平は眉《まゆ》をひそめた。

「え。柏村さんが殉職するまで二年しかないから、そのことですか」

「バカか。すでに殉職した人を心配してどうするよ」

「そうでしょうか。じゃ、どうして私たちはあそこへ導かれるんですか」

「だからそれは……あー、ったく」

平野はまたも天を仰いだ。

「あのさ」

言い淀《よど》んでまた首を掻く。

「柏村ってお巡りだけど……あそこへ行った警察官は……」

恵平は全霊で平野の話を聞いている。柏村のことを微塵《みじん》も疑っていないのだ。

平野はため息交じりに言った。

「柏村巡査は死神なんだよ。うら交番へ行った者は、一年以内に死ぬんだってさ」

「……え」

「悪い。何回かは俺がケッペーを誘って行かせたよな。知らなかったんだ。うら交番の謎を解きたかったが、解けるどころか深まるばかりだ。二十一世紀の東京と六十年以上も昔の交番がつながってるなんて、あり得ないだろ」

「でも、私たちは行ったじゃないですか。いつも美味《おい》しいほうじ茶を……」

「だからそれが変なんだって」

恵平は深く息を吸い、静かに吐いた。

「……本当に死ぬんですか？」

「そうらしい。聞いただけでも伊藤さんの同僚に警視総監。『ひよこ』の姉ちゃんは、事故処理中の警察官が死んだ話も知っていた。どの人も、交番で柏村巡査に会って一年以内に急死したんだ。それだけじゃない。伊藤さんに聞いたら、警察ってところは昔からその手の話に事欠かないんだとさ。落ちない被疑者も殺害現場の近くに勾留《こうりゅう》すれば口を割るとか、夢枕に死人が立って遺棄現場を教えたとか、そういう話が普通にあるんだ。信じているから酒の席でうら交番の話が出るんだよ。幻だけど幻じゃない。うら交番は実在する。現役警察官を呼び寄せる死のポリスボックスだ」

「死んだのはただの偶然じゃ……？」

「違うと思う。死期が近いから行けるのか、行ったから死ぬのか、わからないが」

「え……私たちも、ってことですか？　なぜ？　病気？　事故？　殉職？」

「民間人より危険の多い仕事だからな。つまり、もう」

二度とあの交番には近づくな、と平野は言った。

駐車場は建物とフェンスで囲まれている。防犯のためにフェンスは高く、外部から中が見えない造りだ。照明も申し訳程度で、署から漏れる明かりと壁に設置された外灯しか光源はない。それでも都会の夜は明るくて、平野の真剣な顔が見て取れる。

柏村さんが死神で、あそこは死のポリスボックス？

恵平は心の中で呟《つぶや》いた。柏村と最後に会ったのは、こちらの世界では昨年の暮れで、あちらは昭和三十三年の春だった。平野と交番にいた早朝にバラバラ遺体が見つかったと通報があり、現場へ出ていく柏村を見送った。街に響いていたサイレンの音、電線ばかりの街で聞こえる犬の遠吠《とおぼ》え、煙草の吸い殻にまみれた道路、ミルク色の朝靄《あさもや》に、古い自転車がキーコキーコと鳴る音も、昨日のことのように覚えている。

「……でも、もう行っちゃいましたよ、私たち。行って、お茶をご馳走《ちそう》になって、アドバイスをもらい……」

柏村が死神であるわけがない。死神が、あんな美味しいお茶を淹《い》れてくれるとは思えない。柏村は人間だ。うら交番のお巡りさんだ。

「だからマトモじゃなかったんだよ。どこか、何かが狂っていたんだ」

「一年以内にって……柏村さんが私たちを殺すんですか？　そういうことじゃないですよね？」

平野は大きく腕を振った。

「俺に訊くなよ。調べてもわからないんだからさ」

「先輩、もしかして恐いんですか？」

「はあ？」

平野は恵平に向き合った。

「ふざけんなよ。俺は、おまえのことを、心配してやってんだろうが」

「そういうことなら大丈夫です。私は全然平気ですから」

「あ？　なんでそう言えるんだよ」

「柏村さんを知ってるからです」

「あのオッサンの何を知ってる」

「人格です。警察官として尊敬できるということも」

平野は呆《あき》れて首をすくめた。

「人格っていうけどな、本当なら俺たちが会えるはずのない人間なんだぞ？　何十年も昔に殉職してるんだから」

「……さっきの、東大の検死官の先生ですけど」

恵平は平野から視線を逸《そ》らして言った。

「警視庁では死神女史と呼ばれているって」

「だから、なんだよ」

「でも、優しい人でしたよね」

「そうか？　俺はピッタリだと思ったけどな、なんつか、『ナイトメアー・ビフォア・クリスマス』に出てくる『ジャック・スケリントン』みたいでさ」

「見かけじゃなく中身のことを言ってるんです」

「あのオバサンと柏村さんと、どう関係があるんだよ」

恵平は沈黙し、頭の中を整理した。

「黒田翼のことですけれど」

「はあっ？」

「検死官の先生が遺体に布をかぶせる様子を見ていて思ったんです。もしも彼女が溺《でき》死肺《しはい》に気付かなかったら。そもそも彼が他で献体になっていたなら、黒田翼は、酔っ払って不法侵入した挙げ句の事故死で処理されていたわけで――」

平野はスッと目を細め、首を傾げて先を促す。

「――でも、死神先生と会えたから、『そうじゃないよ、殺されたんだよ』って、訴えを聞き取ってもらえたわけです」

「意味わかんねえ」

「献体が手術や手技の研修に使われていたら、肺の空気は見落とされていたかもしれないし、溺水がアルコールだということもわかりませんでした。でも、なんとなく、なるようになったんだなって思うんです。生前の黒田翼には、真摯《しんし》に話を聞いてくれる相手がいたのかわからないけど、死体になったらあの先生が」

「アナオの訴えを聞いたってか。東大に交付されたのは偶然じゃないと？」

恵平は頷《うなず》いた。

「そう考えると哀れだな。もしも遺体に意思があって、最期の最後に自分の声を聞いてくれる相手を選んだとするなら」

「うら交番もそうなら、どうします？　過去と現在はつながっていて……捜査って、難解でパズルみたいに思えるけれど、解決すると最初から一本だったとわかるので、だから、たぶん……っと、うーん……と」

「俺たちがうら交番へ行き着いたのも、必然だって言いたいのかよ」

「そうです。先輩、頭いい」

恵平はニッコリ笑った。

「自信を持って言えるのは、柏村さんも、死神女史も、死神なんかじゃないってことです。勝手に人を死なせるとか、そういうことを望む人たちじゃなく、勇敢で、真っ直ぐだと思います。恐い噂と柏村さん、どっちを信じるかと聞かれたら、裏が取れていない噂なんかより、柏村さんを信じます」

平野は大きなため息を吐くと、

「思い過ごしだったか」

と呟いた。

「なんですか？」

「ケッペーが気にすんじゃねえかと思ってたんだよ。一年以内に死ぬなんてジンクス聞かされて、研修中にヘマしてさ、噂を実践するかもなって。だいたいおまえは無謀だし、どこにでも首突っ込んで、後先見ずに突っ走るだろ」

平野先輩が案じていたのは自分自身の寿命じゃなくて、むしろ私のことだったのか。

恵平は言葉に詰まった。

「ま。おまえの言うとおり、俺たちはすでにあそこへ行っちゃったしな。伊藤さんの同僚なんか、一度お茶飲んだだけでも死んだらしいし」

「殉職されたんですか」

「ガンだってさ。わかったときは手遅れで、二ヶ月ももたなかったと言っていた」

「一度だとダメで、数回行ったら大丈夫とか……」

「ギャグかよ。つーか、やっぱ恐いんじゃねえか」

平野は笑う。不吉な噂にショックを受けなかったと言えば嘘になるが、柏村とあの交番がおぞましい存在だとは、恵平にはどうしても思えない。

「もしも必然なんだとしたら――」

恵平は平野に言った。

「――あの交番と現在は、どこでつながっているんでしょうか」

平野はしばし恵平を見ていたが、「さあな」と、首をすくめた。

「ケッペーの言うとおり、理由があるから、うら交番に呼ばれんのかな」

「どんな理由で？　どうして私たちだったんでしょう」

「お互い名前が変だしな」

「えっ。そんな理由」

「バーカ、冗談だって、理由なんか知るかよ、裏を取ってもいな……いんだし……」

そう言うと、平野は思い立ったかのように踵《きびす》を返した。

「どこ行くんですか、平野先輩」

立ち止まって振り返る。

「うら交番に決まってんだろ？　捜査の基本だ。前にピーチが言ってたように、裏を取りに行くんだよ」

通用口から署に入り、廊下を通って裏口へ、平野はガンガン歩いて行く。恵平は背中を追いかけた。

――うら交番へ行った者は、一年以内に命を落とす――

頭の中で平野の話がグルグル回る。

勇んで柏村を庇《かば》ってはみたが、やっぱり少し恐いと思う。彫りの深い柏村の顔と大きな目。古い校舎に似た交番の匂いと、レトロな丸いライトを思い出しながら、恵平と平野は丸の内西署を出ていった。

第五章　東京駅うら交番

時刻は深夜零時過ぎ。眠らない街に摩天楼の明かりがそびえ立つ。藍色《あいいろ》の夜空に瞬く星はほんのわずかで、木々の隙間に降るほどの星がある故郷の空とはまったく違う。街灯、信号機、樹木を彩る間接照明、歩道に設置された反射板、行き交うタクシーや車など。地下道の明かり、各種サインに非常灯、都会には光が溢《あふ》れていて、スマホのライトを照らさなくとも自由自在に夜を歩ける。恵平と平野は署を出ると、東京駅方面へ向かった。

歩くうちに見えてくるのは、ビルの隙間にひっそりとある、ゴミ集積所か公衆トイレのような出入口だ。地下道の名前を書いた内照式サインは色褪《いろあ》せて汚れ、照明は切れそうにチカチカしている。地下へ下りる階段はコンクリートの打ちっぱなしで、染み出る水で茶色に染まり、壁はところどころ剝《は》がれていて、湿った臭いが立ち上ってくる。女性独りでは、特に深夜は、決して足を踏み入れたくない場所である。平野はそこで足を止め、無言で恵平を振り向いた。

「素面《しらふ》だし、疲れてもいませんけど、大丈夫でしょうか」

恵平がそう訊《たず》ねるにはわけがある。何度かは酔った勢いで、前回は捜査疲れでヘロヘロになって、うら交番へ行き着いた。今夜のように健全な状態で地下へ入れば、同じ階段を上がっても、そこにあるのは二十一世紀の東京なのだ。

「何をどうすれば柏村さんに会えるのか、まだわかってないんですけど」

足下には急な階段が、ぽっかりと口を開けている。

明滅する天井を見つめて平野は言った。

「あそこへ行く条件の心当たりはいくつかあるが、どれが作用して行けたのか、どれか一つが当てはまれば行けるのか、わからない。だから試してみるしかない。一つは、二人とも酔っ払っているか、頭が回らないほど疲れていること。一つは、うちの署が凶悪事件を抱えていること。あと、もう一つは」

「なんですか？」

「ケッペー。やっぱおまえじゃないかと思うんだよな」

「どうして私なんですか。だって、昔の警視総監も、伊藤さんの同僚だって」

「こうは考えられないか？　最初だけは偶然なんだよ。おまえもだったろ？　このあたりを散策していて、たまたまそこへ入ったんだよな」

「そうです。管轄区の地理を覚えようと歩いていたらここを見つけて、古いし、汚いし、面白そうだなと」

「だよな。だから最初の一回だけは、そんな感じで行き着くんだよ。まあ、その時点で何かあるのかもしれないが、少なくとも、そのあと何度もうら交番へ行けたという話は聞かない」

「行っている人はもっといるけど、気付いてないだけかもしれません。あまり深く考えず、そのままになっているってこともあります。東京にはタイムスリップしたみたいな場所がけっこう多いし」

「や。個人的に思うのは、おまえだけだろ？　東京駅に挨拶《あいさつ》したり、なんつか……そういう、ちょっと変わったところが」

「変わってますか？　実家のほうではお地蔵さんに挨拶したり山を拝んだりする人は大勢いますよ。お日様に手を合わせたりって、普通のことじゃないですか」

「それは田舎の話だろ？　ここは東京、都会だぞ？」

「そうかなあ」

「ともかく、だ」

と、平野は言った。

「幸いなことに、今はまだ捜査本部も立ってない。当然捜査に行き詰まってもいない。俺たちは酔っていないし、ヘロヘロでもない。それでもあそこへ行き着けたなら」

「私のせいなんですね」

恵平は明滅する地下道のサインを見上げた。その汚れ具合と古さを見れば、通じているのが昭和の街でも違和感はない。煌《きら》びやかな丸の内界隈《かいわい》でこの場所だけは、時代に取り残されたように昭和の趣を残している。急速に地下へ下りていく階段も、薄暗い地下道も、壁も、蛍光灯の天井も。恵平は目を閉じて、祈るように両手を握った。

「柏村さんに会わせてください。お願いです」

それから声には出さずに心で祈った。

──殉職して欲しくない。柏村さんに、もっと教えて欲しいんです──

恵平は目を開けて、「お願いしました」と、平野に言った。

「よし、じゃあ行くか」

「待ってください。この前は平野先輩もお願いしました」

平野は「ちぇっ」と舌を鳴らすと、深々と地下道に頭を下げた。

「これでいいか」

「はい。行きましょう」

二人並んで階段を下りる。

壁の隙間から地下水がしみ出して、成分が床に盛り上がっている。天井の明かりはいつも切れそうで、随所に闇が張り付いている。道は微妙にカーブして先が見えない。タイムトンネルというものが実際にあったら、こんな感じなのかもしれないと恵平は思う。平野の革靴が立てる音が静かに響き渡っている。

「行けると思いますか？」

「さあな。あそこから戻ったばかりでも、本当に行けたんだろうかと思うしな」

同感だ。

「でも、今までも必ず捜査に役立つ情報を与えてもらった気がします」

「そのために呼ばれるってか。まあ、それはあるのかもな。柏村さんが何か霊的な存在だとするならば、こっちの捜査に協力したくて俺たちを呼ぶという考え方もあるかもしれない」

「ただ、前回と今回は呼ばれたんじゃなく、自発的ですけどね」

「そうだな。今日も行けるといいな」

「行けたら柏村さんに話すんですか？　私たちが二十一世紀の人間だって」

平野は答えを言わなかった。恵平は考える。もしも逆の立場だったらどうだろう。ときどき自分を訪ねてくる人が、実は未来から来たと告白したら。

「信じませんよね」

「は？　何が」

「いえ。何でもありません」

最初の出入口が見えてきた。壁が折れ、天井の明かりが交錯している。恵平は歩調をゆるめて空気を吸った。うら交番へ行けるときは空気の匂いが違うのだ。コンクリートの匂いではなく、土と油と板塀と、自転車のチューブや、電柱や、生々しく生きる人間の匂いがする。

「行けそうだな」

と、平野が言った。

階段の上から斜めに落ちる明かりの中へと進んでいく。階段の壁にも地下水が染み出していて、見上げた先は夜である。蛍光灯がチカチカとして、蛍光管の両端が黒ずんでいる。どちらの時限に属しているのか、何頭もの蛾や虫が照明の回りを飛んでいる。平野が先に階段を上り、恵平は後をついて行く。その先に見るはずの風景が、頭にハッキリと浮かんでいた。

階段の先は歩道である。街は全体に暗く、星がたくさん瞬いている。歩道の脇に車道があって、車道の奥に煉瓦《れんが》積みの高架壁が続いている。そして高架下に食い込むように、オモチャのような交番が立っているのだ。緑青《ろくしょう》を吹いた屋根、アーチ型の庇《ひさし》、軀体《くたい》は石と煉瓦タイル造りで、窓枠もドアも木製で、入口に赤くて丸い電球が下がっている。道路のアスファルトは灰白色で、煙草の吸い殻やゴミが落ち、亀裂《きれつ》から草が生え、電柱と電線が走っていて、時折犬の遠吠《とおぼ》えがする。声の主はいつも同じ犬なのか、わからない。

先に階段を上がりきった平野が立ち止まる。追いかけて恵平も脇に立つ。

果たして件《くだん》の交番は、二人の前に立っていた。

薄闇の空には星が瞬き始めたところで、パパー！　と、クラクションの音がした。ラジオだろうか、戦後に流行《はや》った音楽が、どこかでかすかに鳴っている。交番は赤いライトが灯《とも》っていて、その脇に立つ小さい店にも明かりがあった。今まで気にしたことがなかったが、『みんなのラジヲ』とペンキで書かれた看板がある。すでに店は閉まっているが、軒先に積まれた箱に雑多な部品が入っていて、七十がらみの老人が片付けをしているところであった。

「……人がいる」

恵平が呟《つぶや》くと、

「そうだな」

と、平野も答えた。ここで柏村以外の人間を見るのは初めてだ。平野は先に車道を渡り、「こんばんは」と、老人に言った。

「ああどうも。お世話さんです」

老人は上辺ばかりの返事をすると、箱を引きずって店内に消えた。ガタン、ピシ！と音を立て、店の入口が閉まったとたん、鳴っていた音楽も小さくなった。

「いま何時なんでしょう」

恵平が聞く。スマホを出して確認すると、一切非表示になっていた。数歩歩いて交番へ行き、中を覗《のぞ》くと、詰め所の奥に柏村が立って、コンロで餅《もち》を焼いていた。開けっぱなしの木のドアを、平野が拳《こぶし》でノックする。柏村はこちらを向いた。

「こんばんは」

平野が先に会釈する。柏村は焦点を合わせるように目を細め、そして言った。

「またきみたちか」

こちらでは、あれからどれくらい時間が経ったのだろう。交番内部へ入っていくと、網に載せた餅を菜箸《さいばし》でひっくり返しながら柏村が訊《き》いた。

「餅を食うかね？　安倍川《あべかわ》にするつもりなんだが」

（コンロでお餅を焼いていますよ？　幽霊がお餅焼きますか）

恵平は平野に囁《ささや》いた。幻じゃない。幽霊はたぶん、ものを食べない。

「いただきます」

恵平はそう答え、平野は呆《あき》れて恵平を見た。

（解剖見てきたばっかりで、よく食えるな）

（忘れていたのに、なんで思い出させるんですか）

ひそひそと囁きあっていると、

「きみはどうする。いらんのか」

柏村は平野にも訊いた。

「いただきます」

「何個？」

「一個」

「そうですよ。いただきましょうよ。私も一個でお願いします」

交番内にはちぐはぐな椅子が置かれていて、柏村のデスクにはノートがあった。エンピツが何本かヨーグルトの瓶に挿してあり、デスクの上に消しゴムと消しかすが散らばっている。

「何か勉強してるんですか？」

恵平が訊くと、柏村は首をすくめただけで答えなかった。餅の焼ける匂いが漂ってくる。手焼きの煎餅屋《せんべいや》で嗅ぐような、米とお焦げの匂いである。

「わあ……いい匂い。お餅って、こんなにいい匂いでしたっけ」

「本当だな。最近じゃ、レンチンした餅しか食ったことがないからな」

『レンチン』の意味を間違えて柏村が笑う。

「これも賃餅《ちんもち》だがね」

「チンモチってなんですか？」

恵平は訊《たず》ねるように平野を見たが、平野は首を傾げただけだ。網の上の餅は見る間に膨らみ、焦げ目が裂けて白い玉がせり上がり、プッと小さく息をした。柏村は火を止めて、湯を張った丼《どんぶり》に餅をくぐらせ、黄な粉を入れた皿に取る。まんべんなく粉を絡めて小皿に取ると、それを三回繰り返し、焼き網を下ろしてヤカンを載せた。再びマッチで火を点《つ》けて、湯を沸かす。コンロが一つだけなので、餅と茶を同時に調理できないのだ。電気ポットなどないし、流し台もコンパクトだ。木枠の窓は上下にスライドするタイプ。背後に二畳のスペースがあり、寝具が畳んで置かれている。現代の交番もコンパクトな造りだが、柏村の交番はもっとコンパクトにできている。

「田舎じゃ餅を自宅で搗《つ》くがね、東京では餅屋に料金を払って搗いてもらう。賃搗きの餅だから賃餅と呼ぶのだよ」

コンロの脇には缶詰の空き缶がふたつあり、鯖缶《さばかん》のほうにはマッチの擦りカスが、桃缶には箸《はし》が挿してある。柏村は箸を三膳《ぜん》取って、盆に載せた餅と一緒に運んで来た。テーブルがないので、それぞれに皿を手渡す。

「おっきいん……ですね」

恵平は驚いた。大きさも厚さも、個別包装で売られている現代の餅の倍以上ある。熱湯で蒸されて黄な粉を纏《まと》い、焦げ目までもツヤリと光っている。

「なんていうか、香ばしさが全然違うな」

匂いを嗅いで平野が言った。

「冷めないうちに食べなさい。お茶はあとだよ。湯が沸かないからね」

柏村は自分のデスクに着いて、豪快に餅を食べ出した。

恵平もそれに倣った。ひと口かじると餅はとろけて皿に落ち、蜜《みつ》状になった黄な粉を引き寄せていく。煎《い》った大豆を粉にしたのが黄な粉だと思い出させるその味は、甘みと塩味のバランスが申し分なく、腑《ふ》に落ちる美味《おい》しさだ。

柏村に聞こえないよう、平野だけに囁いた。

「美味しいです。ていうか、今まで食べてた安倍川餅は何だったの？　って、思うくらいに美味しいです」

焦げたところがまた香ばしい。

「たしかに、餅ってこういう味だったんだな」

平野もしみじみ感心している。

「大げさに褒めんでよろしい。餅は餅だよ」

柏村が笑った。

「そうなんですけど、でも、今まで食べた安倍川の中ではダントツです」

ダントツ？　と、柏村は眉根《まゆね》を寄せ、

「兎屋《うさぎや》さんの餅は米がいいんだよ」

と、勝手に納得したようだった。ヤカンがシュンシュン言い始め、柏村は席を立つ。

大先輩にお茶を淹《い》れさせては申し訳ないと恵平が腰を浮かすと、

「いいから早く食べなさい」

こちらを見もせず柏村は言った。

「餅は贅沢品《ぜいたくひん》で、昔は正月にしか食べられなかったが。今は祝い餅を振る舞うようになって、その余りをね、兎屋さんが伸し餅にして持って来てくれるんだ。なかなかね、外へ食べに出る時間もないものだから」

「混じりっけのない味って感じで、黄な粉も香りが全然違うんですね」

恵平は皿に残った黄な粉もすべて、きれいさっぱり平らげた。

「ごちそうさまでした。大きすぎると思ったけど、ペロリといっちゃいました」

人差し指の背で唇を拭《ぬぐ》う。柏村は「ははは」と笑った。

「若奥さんが来たら伝えておくよ。欠食児童が二人も来たので、餅を振る舞って、たいそう喜ばれたとね」

「いや、ホントに旨《うま》かったです。ごちそうさまでした」

平野も柏村に礼を言う。柏村は沸騰したお湯をブリキの急須《きゅうす》に入れている。中身はいつものほうじ茶で、これもまた懐かしくも香り高い絶品だ。流し台に皿を置き、蛇口を捻《ひね》って水をかけ、柏村は急須と茶碗《ちゃわん》を持って来た。茶葉が開くのを少し待ち、琥《こ》珀色《はくいろ》の茶を茶碗に注ぐ。香ばしさが匂い立つ。

「きみたちはどこの所轄だと言っていたかね」

湯飲み茶碗を配りながら柏村が訊いた。恵平と平野は視線を交わす。

「丸の内西署です」

平野が答えた。柏村の背後に日めくりカレンダーがかけてある。日付を見ると昭和三十三年の四月六日になっている。日付が赤いのは日曜日だからだ。柱時計は午後七時五十三分。餅《もち》を振る舞ってもらったせいか、比較的穏やかな夜に思える。柏村はほうじ茶を啜《すす》った。

「最近はどうだね？　丸ノ内線が全線開通すると、もっと忙しくなるだろうな」

「そうですね」

と、平野は答えた。丸ノ内線がいつ開通したのかなんて、恵平はまったく知らない。

「柏村さん」

先に平野が顔を上げ、柏村のほうへ体を向けた。

「古賀誠一郎巡査の事件はどうなりましたか？」

カマを掛けているのだと、恵平は思った。古賀誠一郎は昭和三十三年の三月にバラバラ遺体で見つかった警察官だ。前にここを訪れたとき、柏村が応援に駆り出されていくのを二人は見た。今現在は事件発生の翌月ということになるのだろうか。

「いや……」

柏村は首を振る。

「きみたちの署も動員されていると思うが、いい話は聞こえてこないね」

「そうした場合、捜査本部は、概《おおむ》ねいつごろ解散になってしまうんでしょうか」

「どうかな。当初は二千人規模の動員だったが。何も出てこなければ、ひと月で縮小になるだろう。初動捜査が大切なんだ。だが、なんといっても被害者が警察官では、威信にかけても犯人は挙げなきゃならん」

やはりこの世界は自分たちの世界につながっているのだと恵平は思った。

「その件でなにかあったのかね？」

デスクに身を乗り出して柏村が訊《き》いた。

「きみたちがここへ来たということは、難しい事件を抱えているんだな？　老いぼれに何を期待しているのかわからんが、餅を食いに来たのではあるまい」

平野の視線が『黙ってろよ』と恵平に言う。会話の舵取《かじと》りは任せろというのだ。恵平は頷《うなず》いた。ここへ辿《たど》り着ける条件の一つが、丸の内西署で凶悪事件を抱えていることかもしれない。アナオこと黒田翼の転落死が事件になるのは明けて署長が出勤してからだが、では逆に、それが凶悪事件に発展する可能性があるのだろうか。

東大の解剖室で見た空洞の体や、呉優子と話した公園の風景、飼育小屋の白色レグホン、死んだ少女の桜色のセーターや、池田巡査部長の丸い顔。そして死神と呼ばれる検死官。思わず何か言いそうになって、恵平はほうじ茶を飲む。

いつもどおりに香ばしい。香りは喉《のど》から鼻へ抜け、美味しさと同時に切なさも感じた。ここへ来るたび、現代人が失ってしまった何かを知るようだ。

「うちの署で転落死亡事故として処理したものが、実はそうではなかったとわかって、これから捜査になりそうなんです」

平野がようやく話し始めた。

「転落死亡事故か。東京駅のホームかね？」

「いえ。近くの工事現場です」

丸ノ内線の全線開通が間近なら、この時代も駅は工事をしていたのだろう。東京駅はいつもどこかが工事中という印象がある。

「未確認ながら、転落死亡事故の被害者が、別件で追っている事件と関係がある可能性も出てきたところです」

「ふむ」

と、柏村は顔を上げる。恵平は緊張した。

「犯罪や望まぬ出産など、さまざまなことを『なかったことにできる』商売があるようで、少女が嬰児《えいじ》の遺体を隠す手伝いをしたと思われるのが、転落死を装って殺された男かもしれないんです」

　平野は辛抱強く話を進める。

「なるほど」

「赤ん坊は死産だったようですが、ポイントは」

　平野は言葉を切って、「重要な点は」に言い換えた。

「そうしたビジネ……仕事の依頼に、不特定多数の未成年者が含まれることです」

　恵平は平野の話術に感心していた。自分なら、『私たちは二十一世紀から来たんです。兎屋の若女将《わかおかみ》は八十歳を過ぎていて、ホームレスをしながら東京駅で、死んだご主人の幻を追いかけています』と、言ってしまったことだろう。

「赤ん坊の死体売買は珍しい話でもないだろう……本官も聞いたことがある」

　柏村の思いがけない反応に、平野は思わず腰を浮かした。天井の電球に小さな虫が寄ってきて、時折コツコツとぶつかっている。それ以外は静かな春の夜だ。柏村は平野を見た。

「さすがに若い君たちは知らんだろうがね。そうしたものは、今でも密《ひそ》かに流通しているんじゃないかと、本官は考えている。まあ……気味の悪い話ではあるが」

　そう前置きをして、柏村は言う。

「五十年ほど昔のことだが、信州の上伊那で凄惨《せいさん》な事件が起きた。虫も殺さぬ顔の男が村の女を次々襲って首を絞め、仮死状態にして生き肝を取ったんだ」

「生き肝って？」

恵平が思わず訊いた。

「内臓のことだ」

と、柏村が言う。

「生きた状態で取り出したものを生き肝と言う」

ボーン、ボーン、ボーン……と、柱時計がいきなり鳴った。澄んで甲高いその音は、時のしじまを切り裂くようだ。

「後に『肝取り勝太郎事件』と呼ばれた連続殺人だが、母子と子守娘、三人の惨殺体が見つかったのが始まりだ。その家は主人が出稼ぎに出ていて女所帯だったんだが、当時はどの家もそうだったらしい。被害者は三人とも首を落とされ、母親は腹を裂かれて、そこに赤ん坊の首が詰められていた。とにかく凄《すさ》まじい犯行現場で、母子や子守娘を恨む者もいなかったので、異常者の仕業だろうと思われた」

恵平は顔をしかめた。殺人現場はどんな場合も凄まじいが、柏村が話す現場の猟奇性は想像を絶する。平野が息を呑《の》む音がした。

「誰もが顔見知りの小さい村で、捜査線上に犯人は浮かばなかった。一時は流れ者の仕業だと思われたのだが、翌年に飲み屋の女将が行方不明になって、一週間後に山の中から遺体が出た。最初の事件同様に首を落とされ、裂かれた腹から胆嚢《たんのう》がえぐり取られていたこともわかった。首は遺体の近くに埋められていたそうだ」

「胆嚢……」

恵平は呟《つぶや》いた。

「そのときになってようやく、最初の事件で母親の腹が裂かれていたのは、内臓を抜き取るためだったのではないかと疑念が湧いた。さらに、同様の事件が過去にもあったのではないかとね」

「あったんですか？」

「あったのだ」

柏村は頷いた。

「最初の事件と思われた母子と子守娘の殺害事件から遡《さかのぼ》ること二年。村の娘が神隠しに遭って、ひと月以上経ってから田んぼに埋められているのが発見された。このときは遺体の損傷が激しくて大したことはわからなかったが、後に同一犯の仕業と判明したそうだ」

「内臓を奪ってどうしたんですか」

恵平が訊く。

「売ったのだよ」

柏村は短く答えた。

「女将殺しから半年後。同じ村に住む農家の主婦が、後ろをつけてきた男に襲われた。背後から手ぬぐいを引っかけられて、いきなり首を絞められたのだ。ところが主婦は日頃から農作業にいそしんでいる豪傑だった。首を絞められながらも敵の股《また》ぐらに手を伸ばし、睾丸《こうがん》をつかんで力任せに捻《ねじ》りあげた」

不審者対応講習会を思い出す。男の股間《こかん》を攻めるのは、やはり有効なのだと思う。

「相手が怯《ひる》んだ隙に悲鳴を上げると、たまたま近くにいた石工がそれを聞いて駆けつけた。犯人は逃げ出した。道端に荷車を残して」

「荷車ですか？　とんでもねえな」

平野は嫌悪感を剝《む》き出しにしている。

「荷車は気絶させた被害者を運ぶためのもので、そこから身元が割れたのだ。勝太郎は流れ者ではなく村の米屋で、被害者たちをよく知る人物でもあった。妻もいて、貧しくはない暮らしぶり、温厚で大人しい性格だった。警官が逮捕に向かうと動転して自殺を図ったほどだ」

「異常思考や異常性欲の持ち主だったんですかね」

「赤ん坊の首を切り落とす残忍さを見ればそうかもしれんが、動機は金だ。犯行を繰り返すうちに慣れて大胆になったのか、生来の残忍さが表に出たのか、そのあたりはわからない。勝太郎には犯行を教唆扇動した人物がいた。大阪商人だ」

と柏村は言った。

「商人って、どういうことです？　その人が内臓を欲しがった？　どうして」

今度は恵平が柏村に訊《き》く。臓器移植に伴う売買が、そんな昔にあったとも思えない。殺人で摘出した臓器が移植に使えるわけもない。それとも当時は知識がなくて、ただ盲信して内臓を欲する者がいたのだろうか。

「勝太郎の自供によれば、大阪商人を名乗る男は五十がらみで、二十代から四十代までの女の生き肝を、万病の特効薬として、ひとつ二十円で買い取ったという。今でいうなら四人家族がひと月楽に暮らせるぐらいの金額だと思う。商人は勝太郎から仕入れたそれを百五十円で売っていた。大阪のような都会では生き肝の入手は困難だが、田舎なら比較的楽に手に入るだろうと勝太郎をそそのかしたという。勝太郎には九百円ほどの借金があって、肝取りは実入りのいい副業だったのだ」

柏村が淡々と言うので混乱するが、それはつまり、人が人の内臓を薬にしていたということだろうか。

「え……人の臓器を薬にしたってことですか？」

勘違いかと思って訊くと、柏村は頷《うなず》いた。

「つまり大阪商人が、人を殺して内臓を奪えと実行犯に指示していたってことですか。それを薬として売るために？　買う人もいた？　人の臓器と知りながら？」

「そういうことだ」

柏村がまた頷いたので、恵平はますます混乱した。憎いから殺す、快楽のために殺す、自分勝手な思い込みから何かのために相手を殺《あや》める。そういう事件は現代にもあるが、人を殺して内臓を奪い、薬として売るなんていうのは理解ができない。しかも、臓器の入手を下請けさせた人物がいたなんて。

「内臓が薬になんてなりませんよね？　貧血の人には血を飲ませろとか、肝臓が悪ければレバーを食べろとか、そういう発想だったんでしょうか」

自分で言っていて気持ちが悪くなってきた。平野が会話に加わってくる。

「でもケッペー。血液製剤なんかは人血からしか作れないんだぞ」

「……言われてみればそうですけど」

「効いたと証言する者もいるのだ。粗悪品は効かないが、きちんと作った本物は効果があったと」

「本物って……勝太郎がやったみたいな？」

「かもしれん。いずれにしてもこれらはごく狭い社会の中で、ひと目を憚《はばか》りながら行われてきたことだ。証言者は極めて少ない。人体が薬になるという迷信は大昔から存在している。江戸や明治の頃は万病の薬としてミイラが輸入されていたし、肝取り勝太郎事件が起きた当時は、土葬の墓を暴いて死体を盗む輩《やから》もいた。それに、生き肝は死者の肝より効能が高いと思われていた。だから勝太郎は女を仮死状態にして、腹を裂かねばならなかった。自宅の屋根で日干しを作り、大阪商人に売っていたのだ。カラスに盗まれたこともあったらしく、逮捕されたときは、生き肝作り専用の作業場を増築しようと大工に設計を依頼していた」

恵平はゾッとした。けれど柏村の話はそれだけに留《とど》まらない。

「迷信と侮ってはいけない。事実、今も同様の事件は起きている」

知っているかと訊くように、柏村は平野の顔を見る。もちろん平野も恵平もそんな事件は知らないし、人体を薬餌《えじき》にするなどという話は、怪談か、海外のサイコキラーの情報程度しか持ち合わせていない。

二人がきょとんとしていると、柏村は静かに言った。

「二年前のことだ。秋田県十和田湖《とわだこ》近くの村落で、行商人が肺病の妙薬として赤ん坊の黒焼きを売っている、と駐在所に通報があった。行商人は家々を回りながら、黒焼きが本物だと証明するため、小さい手首を見せて歩いているという」

肺病は結核のことである。まだ特効薬がなかった時代、結核は死病と恐れられる不治の病だったのだ。

「それ……本当の話ですか」

「そうだとも」

信じられない、と恵平は思った。商っているのが赤ん坊の死体だと吹聴して歩くとは。通報され、逮捕されるとは思わなかったのだろうか。

「駐在は行商人の跡を追いかけて、一軒の家から出てきたところを捕まえた。小さい老人だったという。当初は猿の黒焼きを売っているのだと誤魔化していたが……行商バッグの中から紙にくるんだ手首が出てくると、本物の赤ん坊の死体から内臓を取って炭に焼き、粉にして売っていたことを認めた」

「死体はどこで……そうか……土葬だったからか？」

平野が呻《うめ》く。柏村は大きくて黒々とした瞳《ひとみ》を平野に向けた。

「そうだ。ほとんどは墓から盗んだものだった。だが、捜査を進めていくと、さらに驚くことがわかった。老人に死体を提供する流れができていたのだよ。人体を薬に加工する技術は老人の一族に代々伝えられてきたものだった。赤ん坊は小さいので持ち運びやすく、ひと目につきにくい。また、体が柔らかいため骨が残らず加工が容易だ。妙薬売りは組織化されて、どこそこで葬式があると知らせてくる者、墓を暴きに行く者や、死産の子供を仕入れてくる者まで役割分担が決まっていた。自分の孫が死んだから薬にしてくれと知らせてくる者もあったという。医者が少なく、医療費が高額で、病に対してなすすべもなかった寒村では、そうした迷信が多くの買い手を生んでいたのだ」

死産の赤ん坊を仕入れた？　恵平はザワリと鳥肌が立った。

「金欲しさから老人が直接売り歩いたことで悪事がバレたが、彼が分をわきまえていたならば、犯罪は闇に紛れたままだったろう。妙薬売りは金になるのだ」

柏村はその目で恵平の瞳を覗《のぞ》き込み、

「お得意様は大勢いた」

と、静かに言った。

恵平の鳥肌は収まらない。わからない、わかる気がする、わかりたくない。知りたくない、知るべきだ……人体が死病の妙薬として流通する。自分の命を救うためなら、人は人さえも薬餌とするのか。

「だから堂々と薬を売った？　それは普通のことだった？」

輸血を受けるのと同じ程度の認識だろうか。でも血液は、死体から獲《と》るわけじゃない。臓器移植はどうだろう。恵平はアナオのことを考えていた。

死んだ体は誰のものか。人体解剖が悪魔の所業と忌み嫌われた時代はあった。でもそれは金儲《かねもう》けのためでも私利私欲のためでもなくて、生命の存続のために行われる探究ではなかろうか。自分ならば、どうだろう。効くと言われれば買っただろうか。

自分なら買わない。でも、大切な人のためならば……買ったかもしれないと恵平は思う。それが生き肝でも買っただろうか、そしてギュッと目を瞑《つぶ》る。どうやって作った薬かを、知っていたなら買うはずがない。だから、きっと、妙薬を買った人はなにも考えなかったのだ。敢《あ》えて考えることをやめ、効能だけにすがったのだ。

「……恐怖心」

と、恵平は言った。

「死に対する恐怖心が理性を抑え込んだんですね。それがどういうものなのか、どうやって手に入れるのか、薬が誰だったのか、考えようとはしなかった。恐怖に駆られて効能だけにすがった」

「時代だな」

と、平野が呟《つぶや》く。

「いや。時代のせいだけでもないか。タブーだからこそ効くと思ったのかもな」

恵平は平野を見た。さっきから考えていることがある。ターンボックスがなかった、いい、いい、嬰児《えいじ》のことにした嬰児のことだ。

「今も迷信が生きているなんてことは――」

察しのいい平野は柏村に訊《き》く。

「――大阪あたりにマーケットというか、ブツを取引する連中がいたんでしょうか?」

「生き肝や黒焼きがどこで売りさばかれていたのかまでは、詳しくわかっていないのだ。ただ、盗掘されたミイラが国内に輸入されていたことからしても、市場は世界中にあるのかもしれん。大阪商人は上伊那に現れた一人だけではあるまいし、妙薬造りを家業にしていた一族も、多数あったのかもしれない。表舞台に出てこないだけで」

「俺たちは」

と平野は言いかけ、何事か考えるように口をつぐんだ。

狭い空間に柱時計の時を刻む音が響いている。造り付けの棚やヨーグルトの空き瓶に挿されたエンピツ、年季の入った柏村のデスクや、住民が持ち寄ったちぐはぐな椅子、いつもどおりの香り高いほうじ茶や、流し台に入れたままの箸《はし》や皿、平野はそうしたものを見渡してから、柏村の背後にかかった日めくりを見た。平野はいつ自分たちについて明かすのだろうと、恵平はドキドキしていたが、彼は意味ありげに微笑んで、空になった湯飲み茶碗《ぢゃわん》をお盆に返した。

「お茶、旨《うま》かったです」

席を立ち、もう一度柏村の顔を見る。

「何か調べていたんですか？」

柏村がデスクに置いたノートを見て訊いた。

「なぜそう思うのかね？」

「前に来たときも、ノートに書き付けしていたからです。柏村さんは刑事だったと仰《おつしや》ってましたね？　刑事は死ぬまで刑事ですから、もしかして、今も気になる案件を抱えているのじゃないかと思って」

「それを訊いてどうするね？」

鋭い眼差《まなざ》しに射貫《いぬ》かれて、平野が動揺するのではないかと恵平は心配したが、平野は不敵に微笑んだ。

「いえ、大先輩のその意気を、見習うべきだと思っただけです」

柏村の手がノートに置かれる。けれどノートを開こうとはしなかった。

「きみの上司はどんな人物だ」

「尊敬できる人物です」

柏村は俯《うつむ》いて「そうか」と言った。

「きみたちはまだ若い。何度も言うが、事件は必ず解決させろ。どれほど辛《つら》く、惨《むご》く、理解できないことであっても、裏にあるものをしっかり見定めなくてはならない」

恵平も立ち上がる。柏村は席に着いたまま、大きな目で二人を見上げた。

「赤ん坊の黒焼きを売る老人や大阪商人を非道な異常者だと決めつけるのは楽だがね、それでは事件を解明できない……妙薬を盲信するだけの買い手にはなるな。厭《いや》なこと、汚いこと、見たくないことに蓋《ふた》をして、他人《ひと》任《まか》せにはするな。もうひとつ」

両腕をデスクについて立ち上がり、柏村は、恵平と、そして平野の顔を見た。

「悪に対峙《たいじ》するときは、独りでやるな」

「独りではやりません。必ず二人以上でと、そういう決まりになっていますし」

「決まりは正しい。危険を回避するだけでなく、偏見で過ちを犯さないためにも、だ。きみたちはいい相棒だ」

「刑事時代は柏村さんにも相棒がいたんですよね」

平野が訊くと、柏村は複雑な表情をした。

「私は今も相棒と思っているが、向こうはそうではないらしい」

寂しげな言い方だった。

「ごちそうさまでした。また来ます」

平野が頭を下げたので、恵平も続いて会釈した。こちらの時計は八時を回り、開けっぱなしの戸口の先は、すでに真っ暗になっている。

「きみたちは……」と柏村は言いかけて、「いや、なんでもない」と言葉を収めた。

「また来なさい。迷ったら」

「はい。ありがとうございます！」

平野より先に恵平が答える。二人一緒に頭を下げて、平野が交番を出てから外へ出た。柏村は再びデスクに座り、立ててある書類に隠れて見えなくなった。

空には無数の星が瞬いている。通りの向こうに地下道入口があり、ラジオ屋はカーテンを閉め、通りを歩く人もない。ただ、どこかで車が走る音がしていた。平野は先に通りを渡り、地下道の脇で恵平を待つ。素面《しらふ》でここに来ることの恐怖は、再び地下道へ下りたとして、自分たちの世界へ無事に帰れるかということだ。

「戻るぞ」

と平野が言ったとき、恵平はそっとスマホを見たが、やはり電波は届いていない。昭和の雰囲気漂う地下道だけが、こちらから見ても、あちらから見ても、まったく同じだ。恵平は「はい」と答えて、平野と一緒に階段を下りた。

来た時と同じ階段に思えるが、地下通路を歩いて地上に出るとき、そこに広がっているのも昭和の風景だったらどうしよう。素面でここへ来た前回あたりから、恵平と平野の心には同じ恐怖が巣くっている。地下水で湿った道を行くときも、平野は無言だ。天井のライトは明滅し、壁を汚すシミすらも、どちらの時代のものかわからない。決して柏村が恐いわけじゃない。恵平はそう自分に言い聞かせようとする。

隅に白色のゴミが落ちていた。小さく丸めた紙片のようだ。

脇を通り過ぎるとき、レシートらしいと気がついた。コンビニのレシートだ。恵平は後ろを振り返る。地下道の奥に、下りてきた階段の壁がまだ見える。どこから先が柏村の時代で、どこからこっちが現代なのか。空間が歪《ゆが》んでいるようには思われないが、今すぐ道を戻っても、またうら交番に出られるとも限らない。空気は次第に嗅《か》ぎ慣れた臭いになって、道の向こうはカーブしていて先が見えない。

「結局、なにも言いませんでしたね」

半歩ほど前を行く平野の背中に訊いた。コンビニのレシートが落ちていたということは、地下道のこの部分は現代に存在しているはずだと思う。

「あ？　なにを」

知っているくせに、平野はとぼけた答えを返す。

「私たちが未来から来たってことですよ。どういう条件が揃ったら、柏村さんに会うことができて、どうしてそうなるのかっていう」

平野は歩く速度をゆるめない。

恵平もだが、地下道を出た先に二十一世紀の摩天楼を見るまでは安心できない。

「柏村さんが知ってると思うか？　俺にはそうは思えない。おまえも見たろ？　隣のラジオ屋に爺《じい》さんがいたし、歌謡曲も流れてた。餅《もち》まで食った」

「ですよね……幽霊や幻が、お腹空《す》いてお餅を食べると思えないです。あのお餅、すごく美味《おい》しかったですね」

恵平は早足になって平野の隣に並んだ。平野はチラリと恵平を見て、

「おまえは呑気《のんき》でいいな」

と、ため息を吐いた。

「そんなことありません。私だって色々と考えています」

「色々と、なにを考えてんだ。言ってみろよ」

「あの世界はやっぱり本物なんです。柏村さんが異常なんじゃなく、私たちが普通にタイムスリップしているというか」

「そうみたいだな……ていうか、『普通』にタイムスリップしているところが『異常』だけどな」

平野は今にも立ち止まりそうだ。小一時間ほど前に自分たちが下りてきた階段がそこにある。二人は同時に埃《ほこり》だらけの天井や、寿命切れ間近の蛍光灯を見上げた。名前も知らない小さい虫が光の周囲を飛んでいる。平野が階段に足をかけ、置いて行かれないよう恵平が続く。コンビニのレシートを見たからといって、不安は消えない。果たして地下道を出た先に、摩天楼はそびえていた。

「はぁ……ったく、心臓に悪いぜ」

髪を掻《か》き上げながら平野は言って、

「何度かこれを繰り返すうち、マジ心臓にきて一年以内に死ぬってオチかな」

と苦笑した。笑えない冗談だと思う。

「柏村さんは何も知らないみたいですよね。私たちがどこから来たのか、どうして行くのか、どうやったから行けているのかも」

「新米コンビが捜査のヒントをもらいにくるだけだと思ってるのかもな。ま、多少の不審感はあるみたいだが」

「だから話さなかったんですね？　混乱させてしまうから」

「それもあるけど、もうひとつ」

平野は恵平の目を見て言った。

「突然不安になったんだよな。素性を明かした途端、帰って来れなくなるんじゃないかと」

「え」

考えもしなかった。

「どうしてそう思ったんですか」

「根拠はない。ふと、そう思ったとしか言えないんだが。柏村さんが何も気付いていないなら、積極的に俺たちを呼んでるわけじゃないってことだろ？　でも、向こうへ行った人間はみな柏村さんに会ってるんだから、彼がこの現象のキーマンってことは間違いないと思うんだ。なのに、本人はわかっていない……ってことは、なにかもっと大きな力が……」

「どんな力ですか」

「それがわかれば苦労しねぇよ」

平野はスマホで時間を確認して言った。

「深夜一時三十八分だ」

「一時間ちょっとしか経っていないんですね」

「いずれにしても終電を逃した。またも署に泊まりだな」

ようやくホッとした顔で平野は笑った。

「アナオ事件の捜査本部は、やっぱホントに立ちそうだ。過去の事件にヒントが隠されていそうだし、うら交番へ行ける条件の一つがそれだとすれば、たぶん、柏村さんの時代の事件と現代の事件は、どこかでつながっているんだよ」

そうだろうか。署へ戻って行く平野を追いかけながら、恵平は考えていた。

柏村の世界は六十年以上も昔である。それほどまでに古い事件が現在へつながっているとするならば、それはどんな事件だろう。そんな事件があるのだろうかと。

第六章　丸の内一丁目工事現場に於ける男性不審死事件

　翌朝は日曜で、恵平は出勤日だった。三十分早く出勤すると、洗い場で雑巾《ぞうきん》をもみ出してから、壁の鏡に自分を映して身だしなみをチェックした。

　そして自分のスマホから呉優子に電話した。

　呼び出し音は十五回も鳴った。優子の家はそれなりに広いのかもしれない。そう言えば、今どき固定電話がある家はどれくらいなのだろうと考えたりする。電話に出るのは誰だろう。家族が出たら、どう名乗ればいいのだろう。

「もしもし。呉ですが」

　女性が出たが、声だけでは誰かわからない。

「もしもし。私は堀北という者ですが、優子さんはご在宅でしょうか」

「お姉さん？　私、優子です」

　最近は携帯電話にかけることが多いので、恵平はなんとなくホッとした。

「丸の内西署の堀北です。朝早くにごめんなさい。確認したいことがあって」

「なんですか？」

恵平は単刀直入に聞いた。

「田中かなえちゃんのことなんだけど、春休みに、私がみんなと会った日のことよ。あの日は一日中、全員一緒に行動していたのかしら」

「どういう意味ですか？」

「かなえちゃんだけ別行動したということはなかった？」

「なんでわかったんですか」

と、優子は言った。

「かなえちゃんは夕方東京駅で彼氏と待ち合わせしてたので、その間、私たちは皇居のまわりとかで遊んでたんです。もともとは、かなえちゃんが彼氏に会いたがっていたから、スイーツを食べに行くときに誘ってみたんです。みんなで遊びに行くって言えばお家《うち》の人が許すから」

「かなえちゃんのお家は厳しかったのよね」

「ママにはぜんぜん信用されていないと言っていたから」

「かなえちゃんが別行動したのはどれくらいの時間だったの」

「二時間くらいの予定だったんですけど、でも、結局彼氏にすっぽかされて、途中から合流してきたときには、ものすごーく怒っていました」

「だから薬を飲んだのかしら――」

優子はハッとしたかのように言葉を切った。

「――外出先で飲んだとしたら、タイミングがね、ちょっと変だと思っていたから」

「……メッセージもらって合流したときは、別れるって泣いてたし」

「その時にはもう飲んでいたのよね？」

「私たちの前で薬を飲むとか、なかったし、お腹が痛いと言い出したのも、お姉さんに会う少し前だったので」

「そう。ありがとう。助かったわ」

「なにかわかりそうですか？」

恵平はスマホを握る手に力を込めた。

「精一杯頑張ってるわ。ほんとうにありがとう。優子ちゃんは大丈夫？」

「学校が始まったら、家に一人でいたときよりは大丈夫です。一緒に泣いてくれる友だちがいるし、かなえちゃんが元気だったときのことも、色々と話せるし……かなえちゃん、学校を休んでるだけのような気がします」

優子に礼を言って電話を切った。

待ち合わせをすっぽかされた田中かなえは、彼氏への当てつけで薬を飲んだと考えられないだろうか。激情でお腹の命を抹殺しようとした？　妊娠は遊びじゃないのに。少女の性格を知らないが、いずれにしても、彼女の運命はそこで変わった。

恵平は池田が出勤してくるのを待った。平野の読みどおりなら署内に動きがあるはずで、生活安全課の先輩たちも出勤してくるはずだと予測したのだ。

「池田巡査部長から言われたとおりに、中学生の電話の裏を……」

給湯室で、鏡に向かって練習しながら、それはまずいと鏡の自分に首を傾げる。

「言われたとおり、は嫌みっぽいな」

恵平は耳の後ろを掻《か》きながら、呉優子に話を聞きにいったことをどう報告すればいいか考えていた。『アナオ』の不審死事件が捜査されれば、少女の死に関係があると思《おぼ》しき『穴男』という人物がいる『ターンボックス』という裏サイトについて、池田に報告しないわけにはいかない。ただ、どう説明するのがいいだろうか。

――その時は堀北。バカのフリをしてこう言えばいい。『裏を取れと言われたので調べました』って――頭の中で桃田が笑う。

「でも、そのまま言っちゃ、マズいよね」

考えてみても、まとまらない。雑巾とバケツを片付けて、生活安全課のブースへ戻るとき、廊下の先に更衣室へ向かう池田が見えた。

「わ。来ちゃったよ……」

両手で頬をパンパン叩《たた》き、深呼吸して部屋へ行く。朝のお茶を淹《い》れる前に池田をつかまえて報告すべきだ。先手必勝。気の重いことほど早めに対処するのが吉だと、死んだお祖父《じい》ちゃんに教わった。

手ぐしで髪を整えて、直立不動で待つことしばし。着替えを終えた池田が自分のデスクへやって来た。

「おはようございます」

待ち構えている恵平に気がつくと、池田は怪訝《けげん》そうに眉《まゆ》をひそめた。

「おはよう堀北。どうしたの？」

「はい。報告を聞いていただけないでしょうか」

さっきまで、頭の中には言い訳ばかりが渦巻いていたが、いざ話し始めてみると、呉優子の真っ直ぐな目や、体内が空洞になったアナオのビジョンが蘇《よみがえ》り、警察官としての使命を感じた。恵平は一歩前に出て、言った。

「町田市立百合ヶ丘中学校へ行ってきました」

それがどういうことなのか、わからずに池田は首を傾げた。

「池田巡査部長とパトロール中に会った少女たちの学校です。あのときの一人と話してきました。電話をくれた呉優子という少女です」

池田の表情が険しくなった。椅子を引いて席に掛け、足を組んで恵平を見上げた。

「余計なことに首を突っ込むなと言ったよね？」

「はい。でも、どうしても気になって、証言の裏を取ろうと思ったんです。呉優子には、警察官としてではなくて、個人として会いました」

「それは詭弁《きべん》でしょ」

一刀両断に斬り捨てられた。

「すみません。その通りです」

恵平は深く頭を下げる。

部屋にただならぬ気配が充満していたらしく、ぬぼーっと出勤してきた牧島は自分のデスクに鞄《かばん》を置くと、朝刊を持って応接ブースに座り、広げた新聞で顔を隠した。

「前にも話して、堀北は納得したはずじゃなかったの？　報告ってそのこと？」

池田は訊《き》いた。明らかに気分を害して、頬を紅潮させている。

「違います。呉優子と話してわかったことを……」

「終わったことを聞く気はないから。他の所轄の仕事まで抱え込んでどうするの？　堀北は、たかが研修中の身でしょうが。今は仕事を覚えるときで、一丁前に何かできるとのぼせているなら、思い上がりも甚だしいよ」

「でも、サイバー関係の事案は生活安全課の」

「口答えしない！」

頭ごなしに怒鳴られて、恵平は首をすくめた。池田は本気で怒っている。

警察学校では、組織として仕事することの大切さを二十四時間叩き込まれた。それは自分の命を守るだけでなく、仲間や民間人の命を守ることだと教えられた。上司の采配《さいはい》に従うこと。身勝手な行動をしないこと。ここで我を通すのは警察官として失格だろうかと考える。正しいことをしたいと思う。でも、何が正しいのかわからなくなる。答えに窮して口ごもっていると、

「いいよね？」

と、池田は訊いた。椅子を回して背を向ける。

「話が終わったら、お茶淹れて」

恵平は動かない。

厭《いや》なこと、汚いこと、見たくないことに蓋《ふた》をして、他人《ひと》任《まか》せにはなるなと、頭の中で柏村が言う。警察官になるのが夢だと語った呉優子の瞳《ひとみ》の輝きが、老いた柏村の顔に重なってくる。自分はどんな警察官になりたいのだろう。

「堀北、聞こえたよね」

イラついて池田が顔を上げたとき、

「話して何がわかったんだ？」

ボソリと牧島が訊いてきた。朝刊で顔を隠したまま、独り言のように呟《つぶや》いたのだ。

「その子と話して、何がわかったんだって訊いてんだよ」

自分に言っているのだと、恵平は気がついた。

「はい。堕胎薬を飲んで急死した少女は、『ハコ』と呼ばれるサイトから薬を買ったということでした。同じ中学の先輩が夏休み中に死産して当該サイトへアクセスし、嬰児《えいじ》を引き取ってもらったという話も聞きました。調べてみたら、サイトの正式名称は難しい字の『匣』で、相談室という前室があり、運営者が要望を聞いて他のアドレスへ誘導する仕組みになっていました。相談室にいた人物は『キング』と名乗っていましたが、ほかにも『穴男』を名乗る人物がいた形跡があり……」

興奮で声が震えたので、素早く呼吸を整えた。早く核心に触れたいと思う。

「この『穴男』という人物ですが、書き込みが消えたのが、刑事課が担当した転落死亡事故のあたりです。死亡した黒田翼も『アナオ』と呼ばれていたそうで、それで、個人的に、二人は同一人物だったのではないかと疑っています。パトロール中に少女たちと会ったのはアナオ死亡の翌日でしたし、呉優子に電話で確認したところ、当日は死んだ少女だけが彼氏と会うため別行動していて、すっぽかされていたこともわかりました」

牧島は朝刊から顔を覗《のぞ》かせた。

「だから、なんだ？」

「はい。アナオという人物が死んだ翌日に、中学生があそこにいたのは偶然じゃなくて、関連性があるんじゃないかと思ったんです。つまり、死んだ少女は、アナオに会うために東京駅へ来たんじゃないかと」

「はあ？　なんのために」

「わかりませんけど、アナオが赤ちゃんの父親だったとか……その可能性もあると思うんです。呉優子と話したときも、少女の相手は年上で、ちょっとイカれてるけど優しい人だと言っていましたし、またあの日は彼氏と待ち合わせしていたとも聞いたので……」

牧島は身を乗り出した。

「それ全部、おまえが独りで調べたのか」

恵平は唇を嚙《か》み、正直に答えた。

「平野刑事と、桃田鑑識官にも手伝って頂きました」

「あなたたちは勝手に何やってんの」

池田は声を荒らげている。

「まあまあ」

と、牧島は朝刊を畳んだ。

「その転落事故だが、殺人の可能性が出てきたってな」

すでに情報は共有されているらしく、池田がこれ見よがしにため息を吐いた。

「生活安全課も会議に出ろって電話がきたと思ったら、まさかあんたたちの仕業だったとはね」

「……私は、いま初めて池田巡査部長に報告したところで」

「言い訳はいいから」

池田は恐い目で恵平の言葉を遮った。取りなすように牧島が言う。

「あのさ、池田さんよ。俺は前の時もここにいて、二人の話を聞いてたけどな、確かにあんたは証言の裏を取れと堀北に言ったぞ。その通りにしてネタをつかんできたんなら、ここは堀北を褒めるところじゃねえのかよ」

「ちょっとかわいいからって、牧島さんは若い子に甘過ぎじゃないですか？」

池田はもっと恐い目で牧島を睨《にら》んだが、牧島はそっぽを向いて鼻をほじっている。

「まったくもう」

池田はついに、怒らせていた肩を落とした。

「あたしは牧島さんと違って、堀北に責任があるのよ？　好き放題させて、危険な目に遭うことだってあるんだからね」

「そりゃご苦労さん。俺は傍観者で楽ちんだからな」

牧島は再び新聞を広げると、池田から顔を隠してしまった。

池田は大きなため息を吐く。

「それで？　つかんだネタは、きちんとまとめてあるんでしょうね？」

恵平のほうを見もせずに、池田は訊いた。

「はい。サイトにアクセスしたときの画像や、あと、死んだ少女の名前や呉優子の証言は、メモにまとめておきました」

「じゃ、書面に起こしてあたしにちょうだい。組対と情報を共有するから。捜査会議は九時半からよ。間に合うように急いで」

「わかりました！」

恵平は池田に頭を下げた。顔を上げると、牧島が新聞の隙間からこちらを見ていた。

恵平は目力に感謝を込めて会釈をしたが、牧島はニヒルに笑っただけだった。


午前九時三十分。

恵平がまとめた書面を携え、池田と生活安全課の先輩たちは、署内の緊急会議に呼ばれていき、恵平だけが指示もないまま部屋に残された。休日は職員が出勤してこないので、仕上げる書類もなければ作業もない。しばらく途方に暮れたものの、

「そうだ、管轄区内の様子を覚えておこう」

と、資料室へ向かうと、桃田がパソコンで作業をしていた。

「お疲れ様です」

声をかけて書棚に向かうと、モニターから目を上げて言う。

「やっぱり事件を引き当てたね」

「引き当てたって、宝くじみたいに」

桃田が背にする書棚には、申請済みの営業許可証をまとめた書類や、管内の地図な

どが並んでいる。恵平は覚えるべき資料を引き出した。

「ぼくが何をしてると思う？」

訊《き》かれて恵平は振り返る。作業テーブルには記憶媒体が並び、それぞれに付箋《ふせん》が貼ってある。そして桃田のパソコンには、不鮮明な白黒映像が浮かんでいた。

「防犯カメラですか？」

「そう。アナオと思《おぼ》しき人物が、工事現場でやりたい放題やってるところ」

恵平は桃田の背中越しにモニターを覗いた。

「事故の晩の映像ですか？　遠くて、これじゃ誰かわかりませんね」

鉄骨など建築資材が積まれた奥で、跳んだり跳ねたりする者がいる。黒っぽい服を着て、ときどき顔がチカチカ光る。

「工事現場へ侵入していく人物は一人だったし、パルクールをやっているのも一人で、しかも顔がチカチカ光っているから、本人だと思うのも仕方がないよね」

「でも違うんですか？」

「それを調べているんだよ」

「どうやって調べるんですか？　こんな映像でも鮮明になるんでしょうか」

「無理だね」

と、桃田は言った。

「え……じゃあ」

マウスを操作しながら桃田は笑う。難しい仕事をいいつけられるほど燃えるタイプのようである。

「平野から聞いたよ。被害者は溺《おぼ》れるほどアルコールを飲まされていて、とてもじゃないけど、こんな激しい運動ができる状態じゃなかったんだってね。死体は嘘をつかないから、だとすればこれは偽者で、本物のアナオは別の場所から別の時間に工事現場へ入ったってことになる」

「別のカメラを探すんですか？　時間も変えて」

「遅すぎる。データは上書きされちゃったけど、これを見て」

桃田が呼び出したのは、工事現場の敷地図面だった。黒い三角形とナンバーで、防犯カメラの設置場所がプロットされている。

「建設会社に頼んで図面を送ってもらったんだ。これで」

「防犯カメラの位置がわかるんですね」

「じゃなくて、防犯カメラに映ることなく敷地に侵入できる場所がわかる」

「あ、なーる」

恵平は感心して言った。

「ここと、ここ。あと、この場所から侵入するのが人目につきにくいと思うけど」

カーソルを動かして図面を示す。

「でも、ここは向かいのビルにカメラがあるし、こっちは事件当時、仮囲いが固定されて入れなかったようだから……」

桃田は図面にカーソルで円を描いた。

「この場所から侵入したと思うんだ。ここに」

と、図面の線を指す。その部分だけ線が二重になっている。

「つなぎ目があるんだよ。工事現場が広いから、隠し扉というか、作業員が食事を買いに出たり、公衆トイレに行ったりしやすいようにしてるんだ。ここを映しているカメラは……」

またカーソルを動かして、建築中のビルを指す。

「この壁面にあるんだけど、転落事故があった数日前から、カメラの前に重機がきていて、入口あたりが死角になっていたんだよ」

「侵入経路がわかっても、映像はないってことですか？　それがわかっていて、ここを使ったんでしょうか」

「うん。でも、伊藤さんが扉の指紋を採取しに行ってるからね。作業員の指紋がべったりだとしても、被害者の指紋を検出できたら、防犯カメラに映っていたのが他人だったという証拠になる。今にして思えば侵入口の指紋も調べておくべきだったんだ」

「調べなかったんですか」

「事故死という判断だったからね」

「じゃ、今から調べに行けば」

「ところが侵入口は塞《ふさ》がれてしまったんだよ。以前はただのシートだったけど、あんなことがあって壁にしたんだ」

「アナオはここへ無理矢理連れてこられたんでしょうか」

「それはどうかな。騒げば目につく場所だから、呼び出されたと思う方が自然だよね。無理矢理酒を飲まされたなら相手は一人じゃないはずで、偽装工作までしてるんだから、用意周到なヤツらと思う」

「パルクールは誰がやっていたんでしょうか」

桃田は再び防犯カメラの映像を呼び出した。謎の人物が工事現場の鉄骨を駆け上がる瞬間に映像を止め、別のソフトに移動する。画面の四隅にスケールが表示されているソフトで、桃田はポイントにカーソルを置き、人物が駆け上がろうとした鋼材の幅から身長を割り出した。手元の資料を見て言う。

「やっぱり。指紋がなくても別人だね。検視書類によるとアナオの身長は167センチ。この人物は172センチだ。ジャンパーで体形はよくわからないけど、アナオのほうが痩《や》せ型かなあ。光っているのはボディピアスじゃないかもしれない。メタリックシールを顔に貼っても同じような光りかたはするだろうしね。アナオがトレーサーだったこと、死体が酒臭かったこと、防犯カメラに侵入の様子が映っていたことなんかのせいで、ぼくらは誤認させられた。率直に言ってメチャクチャ悔しいし、自分に腹が立ってどうしようもない。伊藤さんも同じ気持ちだと思う」

「用意周到ですね」

「そう。でも、犯人はやり過ぎた」

桃田は体を起こして恵平を見た。

「周到すぎて墓穴を掘った。パルクールなんかやらせずに、酔ってふらついている様子を映せばよかったんだよ」

「それでもあの検死官の先生なら、溺死肺《できしはい》を見破ったと思います」

「うん。献体が東大に行ってくれてよかったね。堀北も、有名な『死神女史』に会ったんだろ。どんな感じの人だった？」

中指でメガネを持ち上げながら桃田は訊いた。

「平野はジャック・スケリントンそっくりだと言っていたけど」

「平野先輩は口が悪すぎです」

「河島班長をビビらせたって聞いたよ」

「スカッとした物言いで、なんと言ったらいいか……固くて長くてよく切れる、メスのような人でした。解剖室でもハイヒールなんですよ」

「噂には聞いていたけどホントにヒールなんだね。ぼくも会ってみたかったな」

また彼女に会うチャンスがあるとして、それは異常な死に方の被害者が出たときだ。だから恵平は、『そうですね』とは言えなかった。

緊急会議は一時間近くも続き、終わって池田たちが戻って来ると、課内の空気はピリピリとした。出勤している者たちが応接セットの周りに集められ、恵平は一番後ろに立たされた。

生活安全課の課長は五十がらみで、まばらな白髪を褐色に染め、パーマをかけたお洒落《しゃれ》な女性だ。池田同様に肉付きがよく、黒縁メガネをかけている。

「三月二十五日深夜。丸の内一丁目の工事現場で転落死したとみられる男性について、殺人事件の可能性が出てきたことから、明日、署内に捜査本部が立ちます」

課長の隣には池田がいるが、両腕を背中に回して足を開き、直立不動で立っている。

「本来なら刑事課の案件ですが、本件に関しては生活安全課も捜査に参加することになりました。明日は本庁から応援がきます。本日中に講堂に捜査本部を整えるように。休日で職員がいないので、全員が協力してください。以上です」

課長が話し終えると、替わって牧島が采配《さいはい》を取り始めた。倉庫からテーブルを出して組み立てたり、ポットや茶碗《ちゃわん》を揃えたり、講堂の一部に畳を敷いて寝具を用意したりするのである。使い走りと雑務は新米警察官の役目であり、研修中に三度目となった捜査本部の設営に恵平が役立てることは多い。すぐさま講堂へ向かおうとすると、

「堀北、ちょっと」

と、池田に呼び止められた。席で課長がこちらを見ていて、池田はその前に立ち、視線で恵平を招いている。

「はい」

返事をして近くへ行くと、課長はデスクに指を組み、恵平の顔を見上げてきた。

「池田から聞いたけど、町田の中学校へ行ったんですって？」

キュッと心臓に痛みを感じた。ここは謝るべきなのだろうけど、自分は本当に間違

ったことをしたのだろうか。恵平は『申し訳ありませんでした』と謝る代わりに、

「はい」

と答えた。課長は恵平が今朝まとめた報告書を指先で叩《たた》いている。

「ターンボックスと呼ばれるサイトについては、本庁のサイバー班にも通報が寄せられているようだけど、実際に動いているのはビッグデータ分析班ではなくて、捜査一課なのよ」

「はい……え？　でも捜査一課って、殺人や強盗など凶悪犯罪を扱ってるんじゃ」

課長は恵平を見つめたままで、口角だけを微《かす》かに上げた。

「転落死事件はうちが捜査するけれど、明日は本庁から応援が来るから、あなたも捜査会議に出てちょうだい。捜査会議は八時からよ。遅れないように」

「わかりました。でも……」

「話は終わり。堀北は作業に行きなさい」

池田が質問を許さなかった。

恵平は課長に頭を下げて、首を傾げながら講堂へ向かった。池田の冷たい態度から、この所轄署での自分の立ち位置は危ういものになったと思った。評価が下がり、使えない新人というレッテルを貼られたかもしれない。何もわからない新人は、前に出す

ぎてはいけないのだろうか。それは組織の和を乱す、許されない行為なのだろうか。

考えながら講堂へ行くと、すでに作業が始まっていて、シャツの袖《そで》をまくった牧島が畳を運んでいた。日曜日なので人手が足りない。走って倉庫に入っていくと、桃田と平野がテーブルを運び出していくところであった。

「手伝います」

「重いのは俺たちに任せて、お茶のほうをやってくれ」

言いながら平野が脇を通過していく。

「わかりました」

恵平は茶碗やポットを保管してある部屋へ向かった。池田も課長も部屋にいるので、細々としたものを揃えるのは恵平の仕事のようである。湯飲み茶碗《ぢゃわん》を盆に入れ、給湯室で洗って運ぶ。埃《ほこり》がつかないよう布巾《ふきん》を掛けて、次はポットを給湯室へ運んでいく。水を入れるのは明日にして、いま準備しておけるものはと考える。楊枝《ようじ》に……ダスターは、もみ出さなきゃならないから明日にして、あ、インスタントコーヒーとスプーンと……あと、インスタント味噌汁《みそしる》もあったほうがいいかも。一人でアタフタしていると、平野がきて冷蔵庫を開けた。

「麦茶、作っといてくれたんだよな？」

あったあったと言いながら、麦茶を出してグラスに注ぎ、立ったままで飲み干した。

そこへ桃田もやって来た。

「ぼくにも麦茶」

平野はさっとグラスを洗い、麦茶を注いで桃田に渡した。桃田は、

「ぼくらのしたことは無駄じゃなかった」

と、平野に言った。

「まさか殺人事件に発展するとは思わなかったが、面白い展開にはなってきた」

「なんのことですか？」

緊急会議に出席できなかった恵平は、二人が何を話しているのかわからない。

「ターンボックスだよ」

と、桃田が言って、

「本庁の一課がお出ましになるってさ」

と、平野も言った。

「さっき課長から聞きました。ターンボックスはネットを使った犯罪なのに」

「まだ犯罪と決まったわけじゃねえけどな」

「でも、ビッグデータ分析班じゃなく、捜査一課が担当してるって変ですよね？　明

日の捜査会議には私も出ろって」

「ホント？　やったね」

「そうでもないと思います。優子ちゃんのことを報告したら、池田巡査部長を怒らせちゃって……」

「バカのフリは？　やってみた？」

「一刀両断に斬り捨てられました」

「マジやったのか」

平野が笑う。

「その後は、ずっと冷たい態度をとられています……あと、今朝、優子ちゃんに電話したら、やっぱり田中かなえだけ、東京駅で別行動していたようです。二時間ほど彼氏と会うことになっていたそうですが、すっぽかされたみたいで」

平野と桃田は顔を見合わせた。

「これは私の推測だけど、かなえちゃんはそれで発作的に薬を飲んだんじゃないかと。当てつけというか、怒りから」

「子供だからな、可能性は否めない」

と、平野は言った。

「今回は捜査本部に生活安全課も加わるってことだしねえ」

「でも、どうして私が捜査会議に出るんでしょうか。訊《き》こうとしたけど訊けなくて」

「中学生と話すのにケッペーがいいと思ったんだろ。相手を警戒させずにすむし、子供相手の捜査は慎重にやらないと、トラウマを生む可能性があるしな」

「そのことだけど、ぼく的にちょっと調べてみたんだけどさ」

桃田は空のグラスを洗いながら言う。スポンジにモクモク泡を立て、グラスの中から底まで神経質に洗っている。

「都内で起きた不審死事件のうち、殺人の可能性があるものはけっこう多いということがわかった。そのなかで泥酔による転落死をピックアップしていくと、アナオの事件を抜かしても、ここ三年で四件がヒットした。歌舞伎町《かぶきちょう》のビルから落ちて死んだヤクザが一人。地下鉄のホームに落ちて轢死《れきし》が二人。臨海公園の防波堤の隙間に挟まって死んでいたのが一人。所轄が違うこともあって、それぞれ事故死になっている」

「酔っ払ったあげくの死亡事故なら、もっとずっと多いだろう？」

洗い終えたグラスを光に透かし、桃田は満足して水切りに伏せた。

「そうだけど、四人の被害者には共通点があるんだよ。なんだと思う？」

「まさか、ボディピアスじゃないですよね？」

「んなわけあるか」

と、平野が言う。

「全員がパルクールのトレーサーだったなんてことはないよな」

「まさか。年齢が近いんだ。二十代後半から三十代前半で、顰蹙《ひんしゅく》覚悟で言うのなら、全員がチンピラだ。風俗関係のスカウトマンとか、麻薬及び向精神薬取締法で検挙されていたとか、偽薬物販売等の詐欺歴があるとか……」

「どいつも前があったのか」

「アナオ以外はね。どう思う？」

「本庁から捜査一課が出張ってくるのはそのせいですか？」

「可能性はあると思うんだ。全員ターンボックスでつながっていたとかさ。今回の被害者は天涯孤独だったから、献体として交付されたことで殺人がわかったけど、ほかは検視後に遺体が遺族に引き渡されて、そのままお葬式になっちゃった。そう考えると、不明の殺人事件はもっとあるかも」

「でも、事件になっていないなら、捜査一課は動きませんよね？」

「なってないけど疑いは持ってるとかさ。そんな気がするんだよね」

「確かにな」

と、平野も言った。

「ケッペーの仮説どおりアナオが穴男だったなら、違法薬物の売買とアナオの殺人も関係あるってことになる」

「どう関係してくるのかな。ターンボックスがやっているのは、なかったことにするビジネスだ。穴男はサイトの相談者。窓口で未成年者と話して相手を見極め、お客になりそうな場合は別サイトへ誘導する役割だ。殺されるようなミス、もしくは……」

何があるのかなあ、と桃田は言った。

「ボスに内緒で違法薬物をくすねていたとか」

平野が言う。

「リンチ過剰で死なせてしまった？」

「や。そうじゃなく、最初から殺すつもりで酒を飲ませたんだと思う。防犯カメラに映るための身代わりまで用意していたんだからな……そうか……まさにプロの犯行だったというわけだ。俺たちも騙《だま》されたんだから」

「ターンボックス恐るべしだね。やり口から言っても、事件の抹殺には慣れているってことかもね」

「赤ちゃんの件はどうなんでしょう」

恵平がポツンとこぼすと、桃田が訊いた。

「赤ちゃんって？」

「いいえ。ちょっと思っただけなんですけど。柏村さんが……」

言いかけて、柏村の話を出すのはやめようと思った。

「古い時代の犯罪記録に恐い話があると聞いたので」

「どんな話？」

「昭和の中頃までは、死体が薬になるという迷信が生きていて、実際に売られてもいたって話です。なかでも赤ちゃんは小さくて加工しやすいから、遺体を流通させる組織があったというんです。それで思い出したのが、優子ちゃんの学校の先輩が赤ちゃんを『なかったことにした』という話で……『なかったこと』にするって、どういうことなんだろうって」

「処理を請け負っていたってことじゃないの？　私有地に埋葬するとか、病院の手続きを偽造するとか、無縁墓地に入れるとか、色々と手はあると思うんだけどな」

「ですよね」

と、恵平はホッとして言った。自分がどうかしていたのだと思う。今は二十一世紀なのだ。どこにでも情報網はあり、迷信が息づく場所なんかない。

「いや……どうかな——」

と、平野が呟《つぶや》く。

「——どんなルートで、どこへ遺棄した場合でも、死体遺棄は犯罪だ。そこは明らかにしておくべきだと思う」

「じゃ、そっちはぼくが調べてみようか」

と桃田は言って、平野の肩をポンと叩《たた》いた。

「ということで、あとはよろしく」

「マジかよ」

「机運びは私がお手伝いしますから」

桃田は出て行き、恵平は平野と一緒に講堂へ戻った。


翌朝八時。

丸の内西署の捜査本部へやって来たのは、以前の合同捜査で平野とバディを組んだ警視庁捜査一課の竹田《たけだ》刑事と、見知らぬ中年刑事の二人であった。

雛壇《ひなだん》で司会をしている副署長が署員に二人を紹介する。恵平は池田の横に座らされていたが、二人が丸の内西署の捜査に参加する理由について詳しく語られることはなかった。捜査本部には【丸の内一丁目工事現場に於ける男性不審死事件】という戒名がつき、雛壇のボードには、アナオこと黒田翼に関する基本情報が貼り出された。

被害者：黒田翼　二十八歳
本籍：川崎市　現在は住所不定無職　複数回の非行歴、補導歴あり　前科なし
『アナオ』のハンドルネームで動画投稿サイトからパルクール動画を配信していた
死因：転落による頸椎骨折《けいついこっせつ》　神経断裂　脳挫傷《のうざしょう》
特筆事項：アルコールの異常摂取による溺死肺《できしはい》あり

ボードには死体発見時に撮られた写真が貼ってあり、恵平は初めて現場の様子を知ることができた。彼が転落した場所は、ビルが建ったら地階二階になる予定の床面で、すでにコンクリートが固まっていて、血溜《ちだ》まりに脳漿《のうしょう》が浮いていた。解剖室では仰向《あおむ》けに寝かされていたので、後頭部の損傷がわからなかったのだ。発見時の遺体は目を閉じているが、吹き出物のような無数のピアスを見ていると、この人は自分の体に穴を開けることで、何かを埋めようとしていたのではないかと思えた。そうでなければ、

どうして自分の顔や体を、これほどまでに破壊できるのだろう。

いつも何かに変わりたかった。自分ではない何かになりたかった。黒田翼はどんな人生を歩み、どんな人生を夢見ていたのか。田中かなえに薬を売ったのは、やっぱり彼だったのではないか。

――学校の人？　同級生とか、先輩？――

呉優子と話したときのことが思い出される。

――違います。年上で、ちょっとイカれてるけど優しい人って言っていました――

――どこで知り合ったんだろう――

――薬を買ったサイトです……調べてくれるんですか――

そう言えば……と、恵平は思う。少女たちに会ったとき、動画投稿サイトの話をした。田中かなえがアナオの配信を観ていたとして、話題のトレーサーと掲示板で偶然会えたら、優越感を感じてファンになるのではないか。それとも動画配信サイトのコメント欄で交流があり、ターンボックスへ誘導されたのかもしれない。

アナオの動画はすでに消去されてしまったらしいが、別データから抜き出した生前の写真は貼られている。画素数の粗さを桃田が調整したもので、生前の面影を色濃く残す写真である。初見のとき、平野は被害者を三十前後と言っていたが、この写真はもっと若い感じに見える。風貌《ふうぼう》が異様なこともあり、中学生が恋の相手に選ぶだろうかと疑問は残るが、SNSで先に接触があり、心を許したあとでなら、恋愛感情を持っても不思議ではないのかもしれない。

黒田翼の事件についてざっと状況を説明したあと、副署長は池田を指名して喋《しゃべ》らせた。恵平の隣に起立して、池田は本庁の刑事たちに自己紹介した。

続いて報告したのは、恵平たちが調べたターンボックスについてであった。参加者に配られる捜査資料には、恵平が書面にまとめた『相談室』の書き込みや、田中かなえや、通報者呉優子の名前も、学校名も載っている。

「黒田翼はアナオというハンドルネームを使っていましたが、頻繁に出没していた新宿のクラブでも、アナオという通り名で知られていました。被害者の写真を見ればわかりますが、顔や体に無数の穴を開けてピアスを通していたことからも、未成年者に違法ドラッグや違法薬物を提供しているサイトの管理人、穴の男と書いて『あなお』と読ませる人物と同一だった可能性があるのではないかと疑っています」

「裏は取ったか」

竹田刑事がそう訊《き》いた。池田は堂々と答えた。

「まだです。幸いにも情報提供者がいますから、被害者の写真を見せて話を聞くことにします」

「そっちは俺がやるよ」

と、牧島が手を挙げた。次いで河島班長が言う。

「うちのほうでは被害者を調べる。黒田翼の交友関係含め、あと、誰が被害者に化けていたのか、パルクールをやってる連中に当たれば掴《つか》めると思うんだ」

捜査会議は短時間で終了した。池田が席を立っていったあとも、恵平はその場で先輩方が部屋を出るのを待っていた。捜査資料を胸に抱き、アナオを殺した犯人は捕まるだろうかと考えていると、

「よう、ひよっこ」

竹田に声をかけられた。出口の先で平野も竹田を待っていたようで、ツカツカとこちらへ戻ってくる。

「今は生活安全課にいるんだってな」

「はい。その節は色々ありがとうございました」

「ひよっこにありがたがられることなんか、やっちゃいねえよ。よう、相棒」

竹田は平野を見て言った。

「紹介しとくわ。こちらは少年育成課少年センターの副センター長様だ」

一緒に来た中年刑事を指して言う。髪がゴワゴワで眉毛《まゆげ》が太く、鼻が大きく、似顔絵を描き易そうな副センター長は、歯を見せずに笑った。

「こんな顔して凄腕《すごうで》なんだぜ？　入庁以来少年犯罪一筋の強者だ」

「赤川《あかがわ》です」

副センター長は会釈した。

「丸の内西署組織犯罪対策課の平野です」

「研修中の堀北です」

「駆け出し刑事とひよっこですが、なかなかの根性してるんで。ターンボックスに行き着いたのも、おまえらの仕業だってな。違うのか？」

恵平と平野は顔を見合わせた。

「仕業って……まるでマズいことみたいに」

平野が言う。

「それがマズいんだ、すこぶるマズい」

竹田の目が少しも笑っていないので、たぶん本心なのだろう。平野が訝《いぶか》しそうに眉をひそめると、赤川が先を続けた。

「私事ですが、二年前の七月に、都営地下鉄線のなかで少女に声をかけました。大きなバッグを抱えていたからですが、実はそのバッグの中に、嬰児《えいじ》の死体を入れていたのです」

恵平は息を呑《の》む。

「子供を産んだのは自分だが、泣き声で出産がばれるのが恐くて、口を塞《ふさ》いでいたら死んでしまったと少女は言った。ある人物に遺体を渡しに行くところだったと白状したのです。実は、彼女は少し前からその人物と連絡を取っていて、人知れず出産できる場所を提供してもらう予定が、早産したのです。赤ん坊は九ヶ月くらいになっていました」

「ある人物とはターンボックスのことですか？」

恵平が訊くと赤川は言った。

「未成年者がSNSをきっかけにバイト感覚で援助交際や特殊詐欺の受け子などをさせられる事案は知られてますが、ターンボックスは少し違う。子供たちの味方を装った、もっと狡猾《こうかつ》な組織です」

「もっと狡猾とは？」

平野が訊くと、竹田はポケットから写真を出した。

死体写真だ。首が妙な方向を向いてしまった男性の顔を、正面から撮っている。顔全体が浮腫《むく》んでどす黒く、生前の顔は想像もつかないが、ピアスをしているところを見ると若いのかもしれない。

「これはな、歌舞伎町で雑居ビルの隙間に転落し、首の骨を折って死んだ男だよ。年齢は三十二歳で、パケを売っていたようだ。死体のポケットからもブツが出たしな。死体発見時は死後一週間程度。自殺として処理された。二年前だ」

桃田が言っていた男かもしれない。

「自殺じゃなかったってことですか」

平野が訊いた。竹田はベタ付いたおかっぱ頭を掻《か》き上げた。

「持つべきものを持ってなかったんで、気になったんだよ」

「持つべきものって何ですか？」

恵平が訊くと竹田は言った。

「スマホだよ。今どきの若いのがスマホを持ってねえっておかしいだろう？　自殺するにしても、だよ。すべての情報が詰まったブツを携帯してねえってのは妙な話だ。ホトケさんの身辺を調べていくと、赤川さんが知り合った少女の相談相手だったんじゃないかと思えてな。得体の知れねえサイトで子供相手に薬を売ったり、堕胎の手助けをしたり、死体の処理を請け負っていた形跡がある」

「まさか少女の件で……赤川副センター長がサイトの存在に注目し、調べ始めたから消されたと？」

竹田はもう一枚の写真を出した。テトラポッドの隙間で死んでいる男の写真だ。白いシャツ、黒のベストに黒の革パン、細いネクタイを締めている。長髪で、顔はふやけてしまっているが、服装からするとやはり若そうである。

「別の根拠がこの男だ。年齢は二十一歳。風俗店のスカウトマンで、十七歳の女房からDV被害を訴えられていた。女房の家庭は問題を抱えていてな、二人が知り合ったきっかけが、例のサイトだ。女房の相談内容ってのが、何だと思う？」

恵平や平野を待つこともなく、竹田は勝手に答えを言った。

「代金は体で払うから、両親を殺して欲しいと頼んだそうだよ」

「そんな……その子の家庭に何があったんでしょう？」

「ま、殺人依頼は反故《ほご》にされたが、娘っ子は妊娠し、高校を中退して家を出た。幸いなことに子供は無事生まれたが、今度は亭主の暴力に怯《おび》えるようになったんだ」

「センターに相談してきたため、保護したのです。そしてターンボックスの話を聞いた。相手には接近禁止命令が出ましたが、その直後……」

「亭主が死体で見つかった。臨海公園のテトラポッドの上なんざ、革靴で行くような場所じゃねえから、殺人も疑われたんだが、血中からかなりのアルコールが出たことと、パブでしこたま飲んでいたこと、フラフラと飲酒運転してる様子がオービスに写されていたことや、現場に被害者の車があったことなどで、事故死として処理された」

「状況がそっくりだ。だからうちへ来たんですね」

「そういうことだ」

と、竹田は言った。

「人形焼きを差し入れたおかげか、おまえの班長が電話をくれてな。前の合同捜査のとき、俺がチラリと話をしたのを覚えていてくれたのさ。よもやターンボックスにまで辿《たど》り着いていたとは思わなかったが」

「現在こちらの署で生活安全課長をやってる美代子《みよこ》さんは、留置担当官時代の後輩でね。青少年の育成や犯罪防止には昔から熱心だったんだよ」

赤川は課長を美代子さんと呼ぶ。あの課長然とした上司にも後輩時代があったなんて、恵平は想像がつかなかった。

「おまえらのことだから、前回同様、勝手にチョロチョロしてんだろ？　何かあったら俺に情報を流せよ。わかったな」

竹田はジロリと睨《にら》んできたが、

「ギブアンドテイクでいきましょうよ」

平野は平然として言った。

「バーカ、俺と対等に捜査できると思うな。十年早え」

平野の背中をバチンと叩《たた》いて、竹田と赤川は捜査本部を出て行った。

「驚いたな」

と、平野が言う。

「私、鳥肌立ちました。これって広域事件になるんでしょうか」

「今のところは都県を跨《また》いでないから広域じゃない。だけど根は深そうだな」

「私たちも竹田刑事が追ってる事件に関わることは……できないんですよね」

「うちの所轄でやるのはアナオの事件だけだと思う。まさか、本当に、アナオが穴男だったなんてことは……」

「田中かなえにターンボックスを紹介した、中学校の先輩がいます。その子はターンボックスと接触していますから、黒田の写真を見てもらいます。そうすればなにかわかると思うんです」

「そっちは牧島さんが指揮を執ると言ってたな。何かわかったら知らせてくれ」

「もちろんです」

自分の課に戻ろうとすると、「ケッペー」と、平野に呼び止められた。

「頑張れよ」

「はい」

興奮を胸に抱えて、恵平は講堂を後にした。


生活安全課に戻ったとたん、部屋を出ていく牧島刑事に怒鳴られた。

「堀北、急げ！　何してやがった」

「はいっ。えっ？」

「えっ？　じゃねえよ。聞き込みに行くぞ」

牧島は恵平を通り越し、足を止めてから振り向いた。

「私服に着替えて駐車場へこい！　五分しか待たねえからな」

「わかりました！」

わけもわからず更衣室へ走って、制服を脱いだ。私服はいつもあり合わせで、スニーカーにデニムパンツにスウェットシャツという出《い》で立ちだ。今日は上着すら着てこなかった。

「どこ行くんだろう……この格好でいいのかな……」

鏡で髪を整えて時間を見ると、すでに四分経過している。恵平はロッカーを閉め、ダッシュで署の駐車場へ向かった。牧島の車はすでにエンジンをかけている。助手席に池田が座り、イライラして煙草を吹かす牧島の煙がウインドウから流れ出ていた。

「遅くなりました」

後部座席に滑り込んだ途端、牧島は煙草をもみ消して車を出した。

「車内は禁煙なんじゃ……」

「いいんだよ。おまえが見たのは幻だ」

牧島はそう言うが、車内にタバコ臭さが残っている。

池田も助手席の窓を全開にして、パタパタと空気をかき回していた。

「本庁の刑事となに話してたんだ」

警備員が駐車場のゲートを開けてくれるのを待ちながら、牧島が訊《き》く。

「ターンボックスの話です。二年前、地下鉄で赤川副センター長が声かけした少女がやはり嬰児《えいじ》の死体を持っていて、その子と接触したと思《おぼ》しきターンボックスの人も、今回のように不審死していると」

「あのね、堀北」

助手席で池田が鼻を鳴らした。

「ビギナーズラックで事件を引き当てたからって、思い上がらないのが賢明よ」

「そんなつもりはありません」

「池田はおまえを心配してんだよ」

駐車場を出ながら牧島が言う。

「今のおまえは警官未満だ。ろくに地力もないまま暴走すると事故に遭う。相手が凶悪犯のことだってあるんだ。そこんとこを忘れんようにしねえとよ」

「肝に銘じます」

恵平は素直に言った。

「堀北はやる気があるし、身体能力も高い。それに、バカ真面目で根性もある。あんたみたいな新人ほど危険なんだよ。ポキンと折れるのがそのタイプ。あたしたちはそういう例を、イヤと言うほど見てきたの。しっかり警察官になって欲しいから厳しく言うのよ？　わかってるよね」

「わかっています」

「よろしい。では」

池田は少しだけ振り向いた。

「今から町田市立百合ヶ丘中学校へ行きます」

「え？」

「嬰児を産んだという少女について訊くためよ。吹奏楽部《すいそうがく》の先輩で、太っているってことだから、名簿を確認させてもらってその子を訪ね、被害者の写真を確認してもらう。堀北の仮説どおりに黒田翼がサイトの関係者だったなら、嬰児を引き取りに行った可能性が高いし、捜査一課が追っている事件ともつながる」

「写真を見ただけでわかるでしょうか。ぽっちゃりした子が複数いたら？」

「養護教諭とも話してみよう。問題を抱えている児童に詳しいはずだから。非行に走る子供たちはＳＯＳを出しているのよ」

「はい」

「彼女はすでに中学を卒業して高校生になっているはずだし、非行を糾弾するために会うわけじゃないから、新しい生活に支障が出ないようにしてあげないと」

「で、堀北を連れてきたってわけだ。見ようによっちゃ、今どきの高校生より『らしい』しな」

「ガキっぽいってことですか？」

「高校時代って、背伸びして大人ぶりたい年頃だからね。堀北にはそれがない。いい意味で相手にストレスを与えずに済むと思う」

褒められたようにも思えず、恵平は複雑な気分であった。都会だとメイクしている小学生も見かけるし、その仕上がりに驚かされることもしばしばだ。車窓に移りゆく景色を見ながら、望まぬ妊娠に苦しむ少女たちのことを考えた。恋人に求められたとき、断固として拒絶できる子が一体どのくらいいるだろうか。嫌われたくない気持ちと好きな気持ちは、片側だけが圧倒的に重い天秤《てんびん》だ。情報過多な現代だから、興味本位でセックスに走る子もいるだろう。人を好きになるのは自然なことだし、好きな相手のすべてを知りたいと思うのも自然なことだ。けれどそこには落とし穴がある。妊娠の先にあるものを受け止める準備もないまま命を宿す危うさは、考えるほどに恐ろしい。そこにつけ込んで商売する輩《やから》も許せない。

ソメイヨシノは盛りを過ぎて、八重桜が咲き始めている。木々は芽吹きの季節を迎え、浅い緑がまばゆいほどだ。死んだ少女はこの景色を二度と見られない。殺されたアナオも同じだ。アナオのように望まれなかった命のその後を思うと、正義とは何かわからなくなる。きれい事ではすまされない。彼女たちの現実と真摯《しんし》に向き合う覚悟が、自分にはあるのだろうかと。

新学期が始まった町田市立百合ヶ丘中学校は生徒たちの活気に満ちていた。昇降口の下駄箱は靴で一杯。校庭では体育の授業が行われ、教室の窓に生徒たちの姿があった。

受付を通って職員にスリッパを揃えてもらったとき、恵平は『捜査に来たんだ』と思って身震いした。前に平野と来た時は、校舎の周りをウロウロしながら、拾える限りの偶然を拾うことしかできなかったが、今回は違う。池田と牧島に同行する、歴《れっき》とした捜査なのだ。

黒光りする廊下を通って校長室へ案内された。校舎に充満する生徒たちの気配に、恵平は、自分が中学生だったときのことを思い出す。あの頃は自分をしっかりしていると思っていたけど、下駄箱の靴は小さいし、生徒の体はずいぶん華奢《きやしや》だ。

「失礼します」

職員は校長室をノックして、ドアを開け、

「どうぞ」

と、恵平たちを室内に入れた。応接ソファに誘《いざな》われ、校長先生と話をする。

牧島刑事が事情を話すと、校長は総務課に電話して、前年度の卒業生についてのデータを打ち出したものと、確認用ファイルを持ってこさせた。それらを運んで来たのは卒業時三年生の学年主任で、いかにも体育会系という雰囲気の四十がらみの男性教員だった。

「山口《やまぐち》先生、こちらへ」

三人掛けソファの片側に校長は寄り、空いた場所に元学年主任を誘った。山口は物珍しそうに恵平たちを見て、会釈してから席に着く。校長は確認用ファイルを引き寄せて、三年生のページを開いて牧島に渡した。

確認用ファイルはクラスごとに見開きを使って、男女別各一ページに写真と氏名が記されている。今回のような有事に際して、クラスと氏名と外見が即時確認可能なように用意された資料である。一方、テキスト書類には各自が所属していたクラブや委員会、専門部、進路等が書かれているので、二つが揃えばおおよその個人情報が入手できるようになっているのだ。

「昨年度の卒業生で吹奏楽部に所属していた女子は……ですね、ええと……」

テキスト書類を見ながら山口が言う。

「……では、一組からいきますか」

池田は確認用ファイルを引き寄せた。入学式のあと撮影されるこれらの写真は男女ともに制服姿で、欠席者は欄外に○で囲って載せられている。稀《まれ》に写真がないのは、登校できず写真も撮れない生徒であり、氏名だけが載せられている。

「一組の吹奏楽部は清水英子《しみずひでこ》と川上《かわかみ》ひとみ」

池田は指で写真をなぞる。二人とも中肉中背だ。

「えー、二組の吹奏楽部は栗本《くりもと》かんな、小林弘子《こばやしひろこ》と時田《ときた》ユズル。三組は……」

そのページを開いたとき、牧島が身を乗り出した。

「菅田真弓《かんだまゆみ》と……」

池田の指がピタリと止まる。この子だ、と、恵平も直感した。

菅田真弓は、ぽっちゃりを超えた体形をしていた。まだ中学生なのに生活に疲れ切った雰囲気があり、カメラを見つめる瞳《ひとみ》はキラキラした感じが微塵《みじん》もなくて、半開きになった唇はため息を吐いた瞬間のようだ。

この子は生きることに疲れている、と恵平は感じた。

「つぎ、四組はですねえ」

山口の声に従ってページをめくり続けたが、吹奏楽部所属で太った少女はいなかった。確認用ファイルを閉じて池田が訊《たず》ねる。

「三組の菅田真弓さんですが、進学しましたか？」

山口はテキスト資料を見て言った。

「将来は美容師になりたいということで、高校卒業資格を取れる美容専門学校へ進学しました。こちらです」

学校名が長いので、山口は資料を池田のほうへ向けた。

「堀北」

呼ばれて恵平がメモに取る。

「この生徒さんのことを聞かせていただけないでしょうか」

池田が訊《き》くと、山口は眉《まゆ》をひそめた。

「菅田が何かしましたか」

その問いには牧島が答えた。

「や、そうじゃないんで、ご安心ください。田中かなえさんという少女と親しかったと聞いたものでね」

校長はその名に聞き覚えがないようだったが、山口のほうは訳知り顔で、校長に向かって囁《ささや》いた。

「ほら、急死した……」

「あ、あの子か。そう、田中かなえさんという名前でしたね。彼女になにか？」

「学校では、どのように報告を受けていますか？」

池田が問うと、校長ではなく山口が答えた。

「自分は体育の授業を受け持っていたので、田中のことはよく覚えています。快活で物怖《ものお》じしない生徒で、お兄さんが二人いて、彼らもここの卒業生ですが……連絡を受けたときは驚きましてねえ、まさかと」

「どうして亡くなったと聞いていますか」

「生理の異常出血による虚血性心筋梗塞《しんきんこうそく》と聞きました。何か病気があったんでしょう。もっと早く気付いていれば……」

池田は無言で頷《うなず》いている。

「あれ？　俺が聞いた話と違うのかな」

「いいえ、そうではなく……ご家族は驚かれたことでしょうね。お気の毒です」

「学校としても大変ショックを受けました。突然のことで、在校生には入学式のあとクラス担任を通して伝えましたが、泣き出す子もいましてね、まだまだ消化し切れていない感じです」

「お悔やみ申し上げます」

池田はまんまと話を逸《そ》らした。

「そういえば、こちらの学校はスクールカウンセラーなど置いているんですか？」

「いえ、基本的には養護の先生と、あと、普通学級の生徒については、保健室の先生が相談窓口になっていまして」

「ああ、なら、保健室に行けばいつでも会えますもんね」

「先生が保健室にいないときも、呼び出せるようにはしてるんですよ。保健室にブザーを置いて、先生にはブローチ式の呼び出し機器を着けてもらっていますので」

「それはいいアイデアですね。保健室の先生からもお話を聞けるでしょうか？」

「もちろんですよ。山口先生……」

校長は案内してやってくれと言うように山口を見た。すかさず牧島がファイルを閉じて、山口に返す。

「いや、大変参考になりました。この学校はいいですな。整理整頓《せいとん》が行き届いているし、花もきれいだ」

得意げな顔の校長を残して、恵平たちは山口と一緒に廊下に出た。授業中なので廊下を歩く者は恵平たちだけだ。中庭の向こうに別棟があって、窓越しに授業の様子が窺《うかが》える。自分の中学時代が懐かしい。思春期を迎え、自分や友だちの体や心が変わっていく様はまるで嵐のようだった。ずっと見上げるばかりだった母親の背を追い越した時の驚き。何者かにならなければと燃えながら、そのくせ心の半分は虚無だった。

心と体のアンバランスに戸惑いながらも、友だちと一緒にいるときだけは安心できた。子供たちはいま、そんな時代を生きている。

がんばれ。口の中で呟《つぶや》いて、恵平は先輩たちの背中を追った。

「ああ、菅田真弓さんね。ここへはよく来ていましたよ。生理痛が酷《ひど》いタイプで、ベッドで休ませてくれと来るんです。ニキビも酷くて、化膿《かのう》してしまうこともあって、食べ物に気をつけるよう言ったんですけど……なかなかね」

保健室の先生は肌つやがよく、色白で小柄で小太りで、笑ったような目と小さい口が阿亀《おかめ》のお面を思わせた。年齢は三十代半ばくらいだろうか、立ったまま、身振り手振りを交えて話す。案内してくれた山口はすでに保健室を去っていた。

「菅田さんは偏食があったんですか？」

この場の仕切りは池田がしている。外見が似ているので、二人並ぶと姉妹のようだ。

「真弓ちゃんの家は母子家庭で、お母さんがほとんど家に居ないので、彼女が下の子の面倒を見てたんですよ。だからどうしてもお惣菜《そうざい》やインスタントを食べてたようで。経済的にも大変らしくて、アルバイトしたいと相談されたこともありました。中学生ですからね、今は我慢しなさいと話しましたが、進学も悩んでいて」

「でも私立の専門学校へ進みましたよね？　その学費はどうしたんです？」

「さあ、詳しくは……彼女がよく来ていたのは三年生の春までだったので」

「その後は来ていない？　生理は毎月ありますが」

「言われてみればそうですね。でも……」

先生は棚からノートを出してきて確認した。保健室を利用した生徒の記録のようだ。

「やっぱり来ていませんね。最後の記録が六月二十六日ですが、このときは指のケガで、生理で休んでいったのは……二年生の一月が最後かな」

「恋愛について相談されたことはなかったですか？」

「いいえ」

と、彼女は真顔で答えた。

「そういう話はありません。お母さんは交際が派手なようでしたけど」

「母親はどんな仕事をしているんですか」

「スーパーの惣菜部門ってことでしたけど、夜も働いていたようで」

「スナックとかですか」

「ハッキリとはわかりませんけど、そのようなことは聞きました。家に帰って来ない日もあるようで、こう言ってはあれですが、個人的に、二度ほど給食費を立て替えてあげたこともあったんです」

「そのお金はお母さんが返しにきましたか」

「いいえ。卒業式の前に真弓ちゃんが返してくれました。高校卒業資格と美容師の免許は通信で取れそうだって、嬉《うれ》しそうでしたけど」

「通信ですか」

　池田たちの会話を聞きながら、恵平はさっきメモした美容学校のことを考えていた。

「ええ。普通なら二年間で二百万円ほどかかるところを、通信だと三年で六十万円程度でバイトしながら学べると。頑張れば友だちが高校を卒業する頃に国家試験を受けられるって、とても嬉しそうでしたけど。私も担任の先生も彼女のことは心配していて、本当はお家の人と話したかったんですが、お母さんは学校に来てくれなくて」

「なら、学費はお母さんが出したわけではないですね」

「わかりませんけど、彼女はアルバイトをしてるので」

「アルバイト先はわかりますか」

「わかりますよ」

　先生は自分の机の引き出しを開け、二つ折りにしたカードを出した。ハート型に切った紙にリボンをつけた、かわいらしい手作りカードだ。

「卒業式に真弓ちゃんがくれたんです。ええと……バイト先は物流会社の倉庫ですね。荷物の仕分けで、ダイエットになるからちょうどいいと。午前九時から午後三時までで、時給は九百円みたいです」

「会社の名前はわかりますか？」

先生は池田に社名の書かれたカードを見せた。

「ありがとうございました」

授業終了のベルが鳴り、子供たちの動き出す気配で、池田は話を切り上げた。

保健室を出ると廊下に子供たちが溢《あふ》れだし、その合間を縫うようにして出口へ向かった。すれ違うたび、こんにちは、と子供たちが挨拶《あいさつ》してくる。

受付のノートに退出時間を書き込んで、牧島が運転する車に戻った。

件《くだん》の倉庫は町田市の物流拠点の一角にある。三人は昼食と休憩を取ってから、午後三時までには下見を終えて、現場近くで菅田真弓が出てくるのを待つことにした。通用口が見える位置に車を停めて様子を窺う。

三時半を回った頃からチラホラと人の動きが出始めた。

「堀北、これ」

助手席から池田が渡したのは、動画投稿サイトから抜き出したアナオの写真だ。

「できればここへ連れてきて欲しいけど、ダメでも写真は確認してよ」

「わかりました」

恵平は車を降りて倉庫へ向かった。倉庫の周囲はだだっ広い駐車場になっていて、何台かのトラックが停まり、何台ものトラックが出入りしている。下見段階で従業員が通るルートは決まっているとわかったので、通用口の近くでチャンスを待った。いかにも裏口という感じの通用口には守衛室がついていて、仕事を終えた者たちは、電子機器に入館証を通して退社していく。年齢も体格も様々な人たちがゾロゾロと出てくるなかに、やがて菅田真弓の姿を認めた。年齢は十五歳だが、一見しただけでは近くを通るおばちゃんたちと見分けがつかない。脱色した髪とニキビだらけの顔にかろうじて若さが残っている。保健室で見たかわいらしいカードを思い出し、恵平は菅田真弓の苦労を思った。

牧島の車は後方に停まっているが、真弓は逆の方向へ行く。恵平は跡をつけ、真弓がほかの従業員たちから離れるのを待って呼び止めた。

「菅田真弓さん」

呼びかけると、振り向いた。色褪《いろあ》せたスウェットシャツに、くるぶしまで丈がある
レースのスカートを穿《は》いている。化粧っ気はなく、よく見るとあどけない顔だ。

「真弓さんですよね？　百合ヶ丘中学校を卒業した」

「はい」

と、真弓は怯《おび》えて答えた。ちょっと教えて欲しいことがあって」

「私、堀北と言います。ちょっと教えて欲しいことがあって」

真弓は道路の隅へよけ、物流倉庫を囲む壁に背中を当てた。

「誰なんですか？」と訊《き》く。

「丸の内西署の生活安全課に勤務している警察官よ。中学校の後輩に田中かなえちゃ
んという子がいたの、覚えてる？」

名前を聞くと、さらに表情を強《こわ》ばらせて領《うなず》いた。

「そのことで教えて欲しいことがあるの」

「なんですか」

「『ハコ』のこと」

真弓はハッとした顔になり、恵平から目を逸《そ》らして地面を見つめた。

「田中かなえちゃんが困っているとき、『ハコ』のことを教えてあげたでしょ？　あ

なた自身もターンボックスというサイトにアクセスしたよね」

「ホントに警察なんですか？」

と真弓は訊いた。

恵平は身分証を提示した。

「本当よ。同僚と車で来ているんだけど、そこで話を聞けるかしら」

「弟たちが帰ってくるから、買い物して、晩ご飯作って、勉強しないと」

「美容師になるんですってね。学校の先生たち、応援してたよ」

真弓は怯えた顔で恵平を見る。会った瞬間から、ずっと警戒しているようだった。

「ここで働きながら資格を取るって、教えてもらったから、来てみたの。あなたはすごく頑張ってるって、保健室の先生が褒めてたわ」

「先生、元気でしたか？」

「元気だったわよ。あなたにもらったハートのカード、大切に引き出しに入れていた」

真弓はコクンと頷くと、「田中かなえちゃんの話は嘘です」と、突然言った。

「秘密にしてって言ったの、かなえちゃんのほうなのに。私が『箱』を教えたことになってるんですか？」

真弓は唇を嚙《か》んでいた。涙がにじんで、今にも泣きそうな顔である。

「え？　あなたが紹介したんじゃないの？」

我ながら声に驚きを隠せなかった。白いスカートでベンチに座り、不安そうだったかなえの顔が脳裏に浮かぶ。

「かなえちゃんです。絶対バレないし、誰にも言うなって……私は約束を守ったのに」

恵平は眉《まゆ》をひそめた。

「ちょっと待って。あなたが、彼女に、ターンボックスを教えてあげたのよね？」

「違います。嘘ばっかり……かなえちゃんが教えてくれたんです」

真弓はブルブル震え始めた。トートバッグを持つ手が真っ白になるほど拳《こぶし》を握りしめている。恵平は驚いた。

「あなたが勧めたんじゃない？　かなえちゃんがあなたに教えたの？」

頷いた。

「あなた、三年生の夏休みに……」

言いかけると、真弓は両手で顔を覆ってしゃがんでしまった。声を殺して泣いている。こうしてみるとやっぱり十五歳の少女に見える。あまりに幼く無防備だ。

「ごめんね、辛《つら》いことを思い出させて。でも、私はあなたを捕まえに来たわけでも、責めに来たわけでもないの」

落ち着かせようと思って話題を変えた。

「通信で美容師の免許を取るって聞いたわ。学費はどうやって作ったの？」

「学資ローンで……中学の担任の先生が、ママに内緒で保証人になってくれたんです。だから、私、アルバイト代から返しているの」

恵平は胸が熱くなる。自分が中学の頃なんか、自分のことしか考えていなかった。なのに、彼女は懸命に羽ばたこうともがいている。膝《ひざ》に額を押し当てた少女は繭のようだ。繭は絶望して嗚咽《おえつ》を漏らす。恵平は丸い背中に手を置いた。

「田中かなえちゃんは亡くなったのよ。調べている最中だけど、私は堕胎薬のせいだと思っているの。彼女が堕胎薬を飲んだことは知っていた？」

真弓が頷く。

「あなたもそれを勧められた？」

首を振る。そして小さな声で言った。

「使うには遅いって」

「かなえちゃんは、どうしてあなたの妊娠を知ったの？　相談したの？」

また首を振る。

「吹奏楽部の練習のあと呼び出されて……最近ニキビがきれいになりましたねって」

妊娠してホルモンバランスが安定し、皮膚の状態がよくなったことを見ていたのだ。

つまり、田中かなえは妊娠に対する知識があったということだ。

「それであなたはどうしたの」

「どうも……でも、また呼び出されて、最近保健室のノートに記録がないけど、どうしたんですかって。わかっているから、助けてあげると」

泣きじゃくり始めた真弓の背中を優しくさする。やがて少女はこう訊いた。

「……かなえちゃんが死んだって、本当ですか？」

「残念だけど本当よ。出血が止まらなくなってしまったの」

真弓の体からストレス臭が立ち上る。恵平は静かに訊いた。

「あなたの赤ちゃん、死産だったんですってね」

丸めた背中が固くなる。少女の恐怖を恵平は感じた。

「真弓さんにはボーイフレンドがいるの？」

首を振る。

「じゃあ……」

妊娠の相手は誰なのか、真弓はただ泣いている。

「お医者さんへは、行ってないよね？　その後、体調は悪くない？　大丈夫？」

「お金貯《た》めたら、家を出るから。弟たちは男だし」

恵平は喉元《のどもと》に突き上げてくるものを感じた。その言葉が答えを示しているように思えたのだ。母親はスナックの客を自宅に引き入れることがあるのだろうか。

「あなたのお母さんはスナック勤めで、その……お客さんを家に連れてくることがあるのかしら。家に、泊まっていくことが？」

真弓は体を固くして、罪人のように震えている。

「その時お母さんはどうしてる？　酔っ払って寝てしまう？　知らない人が家に泊まって、あなたに触ったりすることが、あったのね」

激しいストレス臭がした。母親はそれを知っているのか、もしくは知らない振りをしているのだろうか。少女の置かれた現状に、恵平は目眩《めまい》がするようだった。

「……その人、今もあなたのお家にいるの？」

真弓はゆっくりと頭《かぶり》を振って、蚊の鳴くような声で言った。

「もう来ない。ママと別れた」

「でも、他の人が来る？」

頷いた。

「どうしているの、そういうときは」

ポケットからハンカチを出して真弓の手に握らせた。彼女はそれで涙を拭《ぬぐ》い、少し落ち着いたふうに顔を上げた。

「部屋に鍵《かぎ》をつけたので、もう大丈夫。うちは狭くて、部屋も二つしかないんだけど、襖《ふすま》が開かないようにして、夜は部屋から出ないから。ママが誰かと結婚したら、私たち、アパートを借りようと思っているから」

ハンカチを返されたとき、恵平はその手をギュッと握った。強い子だと思った。強くて賢い。想像していたイメージと、真弓はまったく違っていた。

「もっと話を聞いていい？　ターンボックスについてだけれど」

「はい」

真弓は洟《はな》をすすり上げ、自分のバッグからティッシュを出して洟をかんだ。

「大丈夫です。なんですか？」

「ターンボックスにアクセスすると、相談者と話すよね？　私の時はキングだったけど、あなたの時は誰だった？」

「穴男という人で——」

菅田真弓は答えて、続けた。

「——かなえちゃんの彼氏です。ユーチューバーで、十六になったら結婚するって言ってていました。かなえちゃんも妊娠したんです。結婚して赤ちゃん産むって」

やはりそうか。田中かなえが東京駅で待ち合わせしていたのは穴男だったのだ。恋人が死んだとも知らず、約束をすっぽかされたと思って逆上したのだ。もう子供ではなく、まだ大人でもない少女たちの危うさと痛ましさ。大人はそれをどうやって守ればいいのだろう。

恵平はアナオの写真を手に持った。

「ユーチューバーの彼氏がターンボックスの人だったのね？　もしかして、かなえちゃんは彼氏の仕事を手伝っていたのかな」

「紹介するとマージンが入るって、言っていました」

「かなえちゃんの彼氏に会ったことある？　どこかで会った？」

「東京駅の地下の待ち合わせ広場」

「そこで赤ちゃんを渡したの？」

真弓はまたも泣きながら、何度も、何度も頷《うなず》いた。恵平は背中をさすった。

「お金と一緒に渡したの？　いくら払った？　たくさん取られた？」

曖昧《あいまい》に首を振る。

「請求されなかったってこと？　それとも、お金の代わりに何か……」

「……もらった……三万円」

「えっ」

足下から血の気が引いていくようだった。三万円もらった？　なぜ？　どうして？

真弓は顔を上げようとしない。道行く人が心配そうにこちらを見るが、誰も声をかけてはこない。

「そのとき穴男の顔を見た？」

真弓がまた頷いたので、彼女の背中に掛けた手を、静かに引いた。

「見てくれないかな。それって、この人だったかしら」

涙に濡《ぬ》れた目を向けて、少女は写真に視線を注ぐ。一度目にしたら忘れられない風《ふう》貌《ぼう》の男だが、ピアスだけで判断されないように、恵平はじっと反応を待つ。

「そう。この人です」

「よく見て。間違いないかしら」

「この人です。隣に座って、お金を放って、バッグを持って、行っちゃいました。何も言わずに……私……殺人犯になっ……ですか？」

「殺人ではなく、死体遺棄罪に当たるけど、証拠はないの。赤ちゃんのその後は、わからないのよね？　どこへ埋葬するとか、そういう話は聞いてない？」

少女は強く頭を振った。恵平は彼女の手を取って、

「三万円は、その後どうした？」

と、訊いてみた。

「弟たちと、私の、給食費を払いました」

切なさと不憫《ふびん》さに胸が詰まった。アナオの写真をポケットに入れ、恵平は捜査手帳を一枚破いて、電話番号を書き付けた。

「真弓さん。このあとも、もしも、困ったら……誰かがあなたの体に触ったり、暴力を振るったり、住むところがなかったり、弟たちについて相談したいことがあったときには、ここへ電話をかけて欲しいの」

「どこですか？」

「少年育成課の相談窓口よ。中学校を卒業しても、あなたは決して独りじゃないよ。助けて欲しいと言いさえすれば、誰かが手を差し伸べる。ここへ電話すると心理学の先生が相談に乗ってくれるから。それか、近くの交番へ行ってもいいのよ。あなたは独りぼっちじゃないの。そのことを忘れないで」

そして少女を立ち上がらせた。

「私ね、東京駅の近くでかなえちゃんを見かけたの。様子がおかしいことに気がつい

たのに、生理だと思い込んでしまったせいで、助けてあげることができなかったの。言ってくれないとわからないことはたくさんあって、でもそれは、決して関心がないってことではないの。真弓ちゃんのことは先生たちが応援してるし、私も応援しているよ……正直に話してくれてありがとう」

「私はどうなるんですか」

真弓はすがるような目で恵平を見たが、恵平は微笑みだけしか返せなかった。

「逮捕しないの？」

「逮捕はしない。誰かがそのことであなたを脅した場合も、迷わず電話をかけるのよ。逃げても、隠しても、なかったことにはできないけれど、でも、闘えば結果が変わる。私はもう二度と、誰かをかなえちゃんと同じ目に遭わせたくないし、かなえちゃんを死なせた薬を売らせたくないの。また話を聞かせて欲しいことがあるかもしれないけれど、その時も目立たないように配慮するから」

「赤ちゃんのことは？」

恵平は頭を振った。

「私には何もできないの。赤ちゃんのために泣くことしかできない。赤ちゃんはかわいそうだったわ。愛されて生まれてきて欲しかった」

真弓は鼻の頭まで真っ赤になって、ポロポロと涙を流した。彼女がどれほど苦しんで、どれほど自分を責め続けたか、恵平には痛いほどわかる。

「お姉さんの名前、もう一度教えて」

「丸の内西署の堀北よ。堀北恵平」

「けっぺい」

「覚えやすいでしょ」

牧島たちのところへ連れて行くことはせず、恵平はその場で真弓と別れた。

車に戻って報告をした。菅田真弓という少女の人となり、妊娠した理由について、ターンボックスを紹介したのは真弓ではなくかなえだったこと、かなえとアナオは恋人同士で、かなえは利用者を探していたこと、真弓が嬰児《えいじ》の遺体をアナオに渡して三万円を受け取ったこと、そしてアナオと穴男が同一人物であることも。

「死んだ小娘のほうがグルだったってか。まさか、男はそれで殺されたのかな」

運転しながら牧島が言う。

「若者同士を接触させると、男女関係に発展しやすい。被害者は、顧客に手を出したから制裁を受けたのかしら」

「顧客ってか、相手はまだ子供だしな。SNSで手軽に兵隊を集められるようになったのはいいが、教育が行き届かずにトラブルが多いってとこかもな。こりゃ――」

カーブで強引にハンドルを切る。

「――署長も喜ぶデカい山になりそうじゃねえか」

牧島と池田は帳場の事件について話しているが、恵平は真弓の涙が忘れられない。担任や保健室の先生が懸命に話を聞いてあげるだけでは、彼女の体を守れなかった。なすすべもなく性の餌食《えじき》になる子供たちは、実際にどれほどいるのだろう。

車が首都高に乗ったとき、恵平のスマホに着信があった。プロフィール画面に赤いメガネの桃田が浮かぶ。

「鑑識の桃田先輩からですが、電話に出てもいいですか？」

池田が頷いたので電話を取った。

「堀北です」

「桃田だけど、いま大丈夫？」

「大丈夫です」

車の外はガードレールとビル群だ。丸の内へ向かって走っている。桃田は言った。

「堀北の話を聞いて、人体の流通について調べてみたら、とんでもない記事をみつけてね。人の部位が難病に効くという迷信は昭和まで残っていたみたいだけど、現在はどうかと思ったら、今も流通があるんじゃないかと思わせるデータをみつけたんだよ。でもさ、今は土葬じゃないから原料の仕入れが困難だよね？　それで思ったんだけど、ターンボックスは嬰児の遺体を集めているんじゃないかって」

「……」

恵平は言葉を飲んだ。今までも『遺体』とひと口に言っていたけど、菅田真弓に会ったあとでは、それは明確なイメージを持っていた。菅田真弓の目や鼻や口……彼女によく似た赤ちゃんが、ありありと脳裏に浮かんでくるのである。丸い頭や、握ったままの小さな手、それはあまりに生々しく、切なくて、惨《むご》い、看過できない。

「聞いてる？　堀北。大丈夫？」

「聞いています。大丈夫です」

口ではそう言いながら、恵平は胸に手を当てた。

「それに、気持ちの悪い話だけど、遺体の加工品を購入する人は、今でも一定量はいるみたいなんだよ」

「どうしてですか？　効果はないでしょ？」

池田がバックミラーをチラリと覗《のぞ》く。恵平は声を落とした。

「キャッシュの欠片《かけら》を見つけたんだよ……あ、キャッシュっていうのは、すでに抹消されたデータの影ね。それによると、効能よりはゲーム感覚というか、ステータスというか、現代では遺体写真と粉末をセットにして売ってるみたいで」

気持ち悪くなって目を閉じた。

「赤ちゃんだけじゃなく、美女や美男子が人気らしい」

「それって日本の話ですか？」

「キャッシュは日本語だったけど、画像までは拾えなかった。でも、国内にも消費者はいるようだ。流れを裏付けるような、とんでもない記事もみつけた。国内で人肉事件が起きたのは昭和の半ば頃が最後みたいだけど、明治四十二年には熊本で人骨が売買される大がかりな事件が起きていて、このケースが闇を物語っているように思うんだ。売薬商人が人骨の粉末を薬に混入して逮捕され、捜査検事が長洲《ながす》警察署に出向いてまでして捜査を行った事件だよ。このときは千人を超える人骨が発見されたほか、それを原料に用いた製薬工場、原料の保管庫まで見つかっている。大人よりも子供のほうが薬効があると言われ、赤ちゃんは高額で取引されていたようだけど、同じ頃、佐賀では『もらい子殺し事件』が発覚しているんだよ」

「もらい子殺し事件って？」

「うん。様々な事情で表に出せない子供を養育費付きで預かって、養子先を斡旋《あっせん》するような商売が当時は各地にあったんだけど、でも実情は、斡旋もせず、子供の面倒もみずに死なせて、養育費を奪うのが目的だった。預けるほうも薄々それを知りながら子供の処分を委託したんだ。佐賀で発覚したもらい子殺しは、件《くだん》の工場へ遺体が流れていたのではないかと疑われている。長洲町も佐賀も海に近くて船運ネットワークがあったし、人骨に限らず頭蓋骨《ずがいこつ》などは天蓋と称して海外に運ばれ、高値で取引されていた。当時の三大貿易港は神戸《こうべ》、横浜《よこはま》、門司《もじ》だったけど、佐賀は朝鮮半島や中国、台湾への航路を持つ門司に近く、でも、比較的検閲がゆるかったので、裏玄関とも言われていたんだ」

「そこから海外へ密輸されていたんでしょうか」

「可能性はあるんじゃないかな」

「現代にも同じような組織やルートがあると？」

遺体を渡して三万円を受け取ったという真弓の言葉が脳裏を過《よ》ぎる。かなえが友だちを客としてサイトに紹介し、マージンを受け取っていたことも。

例えば、アナオは三万円で遺体を探し、組織から五万円の報酬を得て、二万円をポケットに入れていたというのはどうだろう。紹介者のかなえにも、マージンが渡っていたかもしれない。柏村の時代の大阪商人が生き肝を二十円で買い取って、百五十円で売っていたように。

「ターンボックスのケースと似ている部分は多いと思う。平野たちがアナオの交友関係を当たっているから……そういえば、そっちの件はどうだった？」

「殺されたアナオとターンボックスの穴男は同一人物でした。いま、田中かなえの先輩に会って確認できたところです」

「うわあ、やっぱりそうだったのか」

桃田はそこで言葉を切って、こう言った。

「ちょっと前から考えていたんだ。ターンボックスの語源について。もしもぼくらの仮説が当たっているなら、ターンボックスの意味は起死回生。あってはならないものが宝の山に変わる場所なんだ」

桃田の言葉に恵平は傷ついた。命が『あってはならない』とされること。その判断を親がしていることに改めてショックを受けたのだ。情熱だけが空回りして、自分が無力で、小さくて、つまらない人間のように思えた。悲しかったし、吠《ほ》えたいと思った。桃田は続ける。

「こっちも随分苦労したけど、工事現場の侵入口に付着していた指紋を調べて、アナオの指紋がなかったことを確認したよ。防犯カメラに映っていたのは、間違いなく偽者のアナオだ。あと、事件当夜にアナオや犯人が侵入したと思《おぼ》しき出入口のシートだけど、伊藤さんが工事関係者に話を聞いて、作業場の分別ゴミの中から見つけ出したって。今からこっちへ運んでくるってことだから、徹夜で指紋採取と鑑定をする。そっちには、アナオと犯人たちの指紋があることを願うよ」

「すごい。伊藤鑑識官は頑張りましたね」

「ほぼ執念と言えると思う。ぼくらは転落現場に臨場したのに、殺人を見抜けなかった。伊藤さんもそのことをメチャクチャ悔やんでいたからね。今から名誉挽回《ばんかい》だ」

桃田は電話を切った。今から名誉挽回だ。その言葉が熱を持ち、空虚な心に突き刺さる。名誉挽回。桃田は勇気を与えてくれた。

「ピーチが、なんだって？」

牧島がバックミラーから恵平を見る。

「伊藤鑑識官が工事現場のゴミ捨て場から、侵入口に使われていたシートを発見してきたそうです。被害者と犯人の侵入経路がそこじゃないかと疑っていたんですが、事故後は壁に付け替えられて、指紋を調べられなかったんです」

「やるな、伊藤の頑固親父は」

「今、もらい子殺しの話をしていなかった?」

池田も訊《き》いた。

「はい。ターンボックスが嬰児《えいじ》の遺体を回収していたことから、桃田先輩が過去の犯罪データを調べたんです。そうしたら、明治四十二年に佐賀で起こった『もらい子殺し』のご遺体が熊本の売薬工場に流れていた事例を見つけたと」

「売薬工場? なんのためによ」

「その話、俺は知ってたぜ? 昔は難病に効く薬として、死体を黒焼きにして売ってたんだよ。有名な話だ」

「なによ、黒焼きって」

池田が訊《たず》ねる。

「炭のことだよ。木を炭化させて炭にするだろ? あれと同じだ」

「死体を炭にするってことっ」

池田は素《す》っ頓狂《とんきょう》な声を出す。

「なにそれ、信じられない。気持ち悪い」

「実際その手の事件は多かったらしいや。ま、炭そのものは解毒効果や、整腸薬なんかにも使われてんだろ? 詳しくはわからねえけどさ」

「なら、普通の炭でいいじゃないのよ」

「そこが魔術だ。ひと目を憚《はばか》る危険なものほど効くような気がするってことだろ？今も昔も金持ちってのは、金で何でも買えるからこそ、そういうものに手を出すんだよ。普通じゃ手に入らないもの、自分以外は持てないものを意地汚く欲しがるのさ。高けりゃ高いほど喜ぶんだから、俺に言わせりゃ変態だな」

牧島の言葉は恵平の心に響いた。そうか。効能なんてどうでもいいのだ。タブーであること、弱者の命を弄《もてあそ》ぶことこそが、彼らの心をくすぐっているのだ。

「現代でも密《ひそ》かに流通しているんじゃないかと思うんです。桃田先輩は、死体写真とセットでそれを売るサイトのキャッシュを見つけたと」

「やめてよ。悪趣味な想像よ」

眉間《みけん》にくっきり縦皺《たてじわ》を刻んで、池田が振り向く。

だが牧島は、「なるほどな」と言った。

「今どきは火葬で、ナマの原料が手に入りにくいしな」

桃田と同じことを言い、牧島はアクセルを踏み込んだ。

「それで青少年がターゲットか。ネットなら身バレする恐れも少ないし、相手も罪悪感があるから表沙汰《おもてざた》にはしねえ……もしかして風俗関係にもお得意様がいるんじゃねえのか？　本庁の捜査一課様も、さすがにそこまでエグい発想はなかったろうが」

「かわいい顔して、堀北……あんたって何者よ？」

池田は怖いものを見るような目で恵平を見た。

私じゃない。発想の裏には柏村さんがいるのだと、恵平は話すことができなかった。ターンボックスのもう一つの顔が死体ビジネスだったなら……。

恵平は、偶然引き当てたおぞましい事件に立ち向かう勇気を持てないと思った。考えれば考えるほど闇は濃く、深く、大好きな人間を理解できなくなりそうで恐い。その深淵《しんえん》は覗《のぞ》きたくない。恵平は胸に当てた手で、肌身離さず持ち歩いているお守りをまさぐった。メリーさんのふくよかな笑顔を思い出すと、焼き鳥屋のダミさんや、駅前で靴磨きをしているペイさんや、管轄区で知り合った人たちの生き様がそれに重なる。ああ……今こそみんなが恋しい、と恵平は思った。


翌日も早朝から捜査会議が開かれた。

アナオと穴男が同一人物だったことから、本庁のサイバー班がいよいよ重い腰を上げ、ターンボックスの捜査に乗り出すことになったと、冒頭に署長から報告があった。

生活安全課の席は昨日より少し前に出て、池田は課長の隣で真っ直ぐ背筋を伸ばしている。全容解明の暁には、青少年がネットの罠《わな》に陥らないよう冊子を作って、警視庁全域で啓発キャンペーンをしたいと考えているようだ。

池田が前の席に移ったので、恵平は一番後ろにいたのだが、署長がターンボックスについて喋《しゃべ》っているとき、竹田刑事が自分を振り向いてくれたことが嬉《うれ》しかった。横柄で脂臭くて恐い人だと思っていたけど、今はそれほど苦手ではない。

次にはアナオの鑑取り捜査をしている河島班から、アナオと田中かなえの関係について報告があった。雛壇《ひなだん》脇のボードには、田中かなえの生徒写真が増えている。報告は河島班長からで、少女の写真を指して言う。

「アナオこと黒田翼は手癖が悪く、商売用の薬物をくすねて売っていたことなどで、黒田仲間から度々制裁を受けていたようです。恋人の少女は田中かなえ十四歳ですが、黒田と男女の関係でした。少女の両親はともに教師で、家庭環境も良好に見えますが、不純異性交遊等で複数の補導歴がありました。二人はターンボックスを通じて知り合い、少女は妊娠していたようです。少女の自宅から押収したパソコンには、アナオが配信していたパルクールの動画投稿サイトが登録されていたほか、少女と交わしたコメントの書き込みやメールのやりとりが残されていて、黒田が殺害された翌日に丸の内の商業ビルで待ち合わせ、将来について話し合う約束がされていました。ちなみに、少女は経口堕胎薬を服用し、その副作用で死亡しています。ターンボックスの上得意で、経口堕胎薬の服用は複数回に及び、これが異常出血の引き金になったのではないかと、緊急処置した医師から証言を得ています」

ボードの写真は中学校の制服姿だが、恵平が出会った田中かなえは大人びたメイクで桜色のセーターに白いスカートを穿《は》いていた。彼女は何に反抗し、何を求めていたのだろうか。怪しげな風貌《ふうぼう》のアナオに惹《ひ》かれた理由が恵平にはわからない。

「次、黒田の交友関係について」

副署長に促されて立ち上がったのは平野であった。平野が立つと、恵平のほうが緊張する。共に新人同士だが、あちらは刑事で、こちらは未満だ。

「黒田がパルクールのトレーサーだったことから、同じスポーツをする人たちに当たったんですが、素行の悪さから、どのクラブやチームからもはじかれていました。専《もっぱ》ら交友があったのは新宿歌舞伎町を根城にしているアジア系のストリートギャングですが、これも国籍の違いなどから深くは馴染《なじ》めず、使い走りのようなことをさせられていたようです。黒田は住所不定で、ネカフェやギャング仲間の住処《すみか》などを点々としながら生活していました。ちなみに殺害当日も所有していたと思《おぼ》しきパソコンや撮影機材等の私物は、現場からも、ねぐらにしていたネカフェでも見つかっていません。黒田がよく出没していたのは新宿のクラブで、特異な風貌からアナオで通り、本名を知る者はいませんでした。女友だちは複数いたようですが、彼女たちの証言によると、アナオは口が軽いため、いずれ痛い目に遭うだろうと噂されていたようです」

「口が軽くてどんな話をしてたんだ？」

自分の席から竹田が訊いた。

「内容については証言を拒否されました。周囲の防犯カメラなどをハッキングされて、捜査に協力したと思われるのを恐れているようで」

「ちっ」

と竹田は舌を鳴らした。その時、

「失礼します！」

と声を上げ、講堂に入ってきた者がいた。ベテラン鑑識官の伊藤である。

伊藤は会議に出ていた鑑識課長の許《もと》へ行き、耳元で何か囁《ささや》いてから、顔を上げて入口を見た。続いて入ってきた桃田はプリントを持っている。

鑑識課長が手を挙げて、副署長に発言の許可を得た。副署長は署長に目をやり、頷《うなず》くのを待って鑑識課長に許可を出す。鑑識の剣持《けんもち》課長は立ち上がってこう言った。

「黒田が殺害された工事現場のシートから、本人含め複数の指紋を検出しました」

桃田は席ごとにプリントを配っていく。恵平の席までやって来たとき、そこに被疑者らしき写真があって恵平は興奮した。桃田と伊藤は徹夜して指紋を検出すると言っていた。最新の機器があるからといって、最終判定を下すのは人間だ。目が充血してやつれた桃田の顔は、それでも充足感で輝いている。

剣持課長はバトンを伊藤に渡した。伊藤は配ったプリントを見るよう促す。

「検出できた指紋を前科者リストと照らし合わせた結果、二名の男が浮上しました。一人は暴行傷害容疑で前がある稲垣浩字《いながきこうじ》二十六歳。浩字は当て字で本名は浩宇《ハオユー》。もう一人は麻薬取締法違反で前がある幌村豪《ほろむらつよし》三十一歳。同様に本名は泯子豪《ビンズーハオ》です」

恵平は彼らの写真を見た。逮捕時に撮られる写真はどうしても人相が悪く写《うつ》るが、街で普通に見かけたら、悪人のようには見えないだろう。泯子豪は髪を剃《そ》り上げ、首筋から後頭部にかけて女郎蜘蛛《じょろうぐも》のタトゥーを入れている。黒で描かれた蜘蛛の糸が傷口から溢《あふ》れ出る血のようだ。

「もう一人は桃田が見つけた写真ですが、こちらの男はアルバイトとして一週間だけ工事現場に出入りしていたと証言を得ています。防犯カメラの位置や出入口の情報はこの男からもたらされたものと思われます」

伊藤はバトンを桃田に渡した。捜査員らが一斉に振り返り、桃田は恵平がいるテーブルの脇から、三枚目の人物の写真を見るよう捜査員たちを促した。

「現場にいた二人がアジア系ギャングであるとわかったので、パルクールをやっているアジア系の人物を探しました。ネット動画を片っ端から検索していったんですが、二枚目のプリントを見てください」

恵平もプリントをめくり、そして、見た瞬間に確信した。

アナオの替え玉として防犯カメラに映っていたのはこの人だ。

「替え玉の人物は身長が172センチですが、彼の身長も同じです。もうひとつ、この人物の投稿映像と防犯カメラの映像とを比較してみると、高所に駆け上がるときの踏み切りのタイミングと足の角度が一致するとわかりました。ちなみに黒田はまったく別の踏み切り方をします」

プリントにはフォームのほかに顔写真が載せられていた。二十代半ばで浅黒い肌。目は一重で口ひげを生やしている。帽子を被《かぶ》っているので髪型はわからない。

「映像投稿サイトでは飛猿《トビザル》と言う名前を使っていますが、プロフィールにはそれ以上の情報が載せられていません。身軽なので現場では重宝されていたようですが、一週間で仕事に来なくなったと証言を得ています。契約労働者ではなく、本名を知る者もいませんでした」

「こいつもギャングの一味だったのかもな」

竹田が言った。

即時、新宿歌舞伎町界隈《かいわい》への聞き込み班が組織され、内偵捜査を始める方針を示して捜査会議は終了したが、生活安全課の恵平たちが殺人事件の捜査に加わるのはここまでだった。組対の刑事たちは部屋を出ていき、竹田と同じ席にいた赤川副センター長も捜査本部を去ることになって、生活安全課の課長や池田と話をしている。牧島たちは自分のブースへ戻ってしまった。


邪魔にならないよう、捜査本部の片隅で徹夜明けの桃田をねぎらっていると、出ていったはずの牧島が戻ってきて桃田に言った。

「よう、ピーチ。うちの堀北を可愛がってくれてありがとうよ。ていうか、おめえのネチっこさも伊藤さん譲りだな」

「今回はマイナススタートにしちゃいましたから。意地ですよ」

「よくやった」

と、牧島は桃田に言って、恵平を見た。

「ポットとお茶と食い物を確認しとけよ。徹夜明け組は腹が減るからな」

「確認します。頼んであるおにぎりが、もう届くと思うので」

「おにぎりが来るの？」

桃田が嬉《うれ》しそうな声を出す。恵平は、即座に自分の仕事を始めた。


翌日夕方。定時に仕事を終えた恵平は、久しぶりに東京駅の丸の内側に店を出している靴磨きのペイさんを訪れた。

この場所で七十年近くも靴磨きをしているペイさんは、駅前で商売することを認められた唯一の職人である。午前九時過ぎから午後の適当な時間まで、営業時間は定かでないが、彼に靴を磨いてもらうと商売が好調になるというジンクスを持ったたくさんのお得意さんを抱えている。雨模様になってきて、ちょうど店じまいにかかろうとしていたペイさんに声をかけると、

「あれ、ケッペーちゃん。お久しぶりだね、元気だったかい」

ペイさんは歯の抜けた顔でニカリと笑い、お客用の椅子を元の場所に戻してくれた。

「よかった、間に合って。ずっとペイさんに会いたかったの」

手作りの座布団を載せた椅子に掛けると、ペイさんは恵平が靴置き台に足を載せるのを待ちながら道具箱をかき回した。指先を切った手袋の腹で靴クリームの蓋《ふた》を拭《ふ》き、使いやすいよう近くへ寄せる。官給の靴の埃《ほこり》を払い、指でクリームを塗っていく。一連の動作は流れるようで、恵平はそれを見るのが大好きだ。

「嬉しいこと言ってくれるねえ。こんなおいちゃんでもさ、そう言われちゃうと照れるよねえ」

ペイさんの口調は穏やかに間延びして、聞いているだけで緊張が解けていく。けれど手先は正反対で、まったく無駄なく素早く動く。クリームを塗り終えると布を出し、シャカシャカ、シャカシャカと、目にもとまらぬ早さで靴を磨く。ときどきピッピと水をかけ、また磨く。靴はみるみる光り出す。

しみじみとペイさんを味わっていると、顔も上げずにこう訊《き》いた。

「また事件を抱えているね？」

「え。どうして？　なんでそんなことがわかるの？」

「だってケッペーちゃんの相棒の刑事さんが、昨日から張り込みに来ているもんね」

思わず見回しそうになり、いけない、いけないと自分に言った。ペイさんに向いて小さな声で、「どこで張り込み？」と訊いてみる。

ペイさんは靴に目を向けたままで答えた。

「広場の右かな。東京メトロに乗る人を、ずっと張ってるみたいだもんね」

その場所には、確かに平野と、先輩女性刑事の姿があった。恋人同士のように寄り添って、白々しくスマホをいじっている。よく見ると、広場には清掃員の制服を着た河島班長たちもいた。恐らく容疑者の誰かがここを通る予定なのだろう。

「帰宅時はたくさん人が通るから、刑事さんは大変だねぇ」

「もしかして、それでお店を畳もうとしてた？」

ペイさんは歯の抜けた顔で「ふぇ、ふぇ、ふぇ」と笑った。

「そうか、ごめんなさい。靴は片っぽだけでいいから」

ペイさんを捕り物に巻き込まないよう片足を引っ込めると、ペイさんは磨いていない方の靴をつかんで靴置き台に載せてしまった。

「いいんだよぅ。片っぽだけピカピカじゃ、靴がかわいそうだもんね。磨いて大事に履いてもらって、恵平ちゃんのお役に立ってもらわなくっちゃ」

「私、先月から生活安全課に異動したんだよ」

「おやあ、そうだったのかい？」

「だから、もう、私にできる捜査は終わっちゃったの。刑事じゃないから。今は防犯パトロールとか、不審者対応のレクチャーとか、そういう仕事を覚えてるんだよ」

「若い子に声をかけたりするやつかい？　ケッペーちゃんにはピッタリだねえ」

「そう思う？　私もね、子供たちを守る仕事っていいな、大切だなって思い始めたところなんだけど」

ペイさんはピッピと水を振りかけながら、神業で布を動かした。

「どんな仕事も大事だけどね、それぞれ向き不向きがあるもんね。ケッペーちゃんがやり甲斐《がい》を感じる部署が、見つかるといいと思うよね」

「そうだね。まだまだ見習い期間は長いしね、しっかりやって、よく考える」

「はいよ、おまちどおさんだったねえ」

そう言ってペイさんは手を出した。ペイを求めるから『ペイさん』なのだ。恵平は九百円を手のひらに載せ、足を動かして仕上がり具合を確かめた。

「いかがですか？」

と、ペイさんがおどけて訊《たず》ねる。

「サイコーです。ペイさんに磨いてもらうと、数倍早く走れるのよね」

「数倍はないよ。それじゃ音速になっちゃうもんね」

と、ペイさんは嬉しそうに言う。帰宅ラッシュの東京駅からたくさんの人が吐き出されてきた。気付けば、いつの間にか平野たちの姿が消えていて、恵平は緊張を覚えた。ペイさんのそばに立ち、彼が道具をしまうのを待つ。

東京駅の中央口から地下鉄東京メトロ線へ移動する人の波を眺めていると、平野と女性刑事がつかず離れず人垣へ移動していくのに気がついた。あまりに人が多いから、誰かに危険が及ばぬように、対象者を見つけても声はかけないはずだ。人々は乗り換えの流れに沿って足早に移動していく。流れからはみ出したり、遅れたりする者は、映像がぶれたかのように目立ってしまう。その時だった。

恵平は、オーバーサイズのトレーナーにジョガーパンツという出《い》で立ちの若者が、流れに遅れてどこかを凝視する瞬間を目の端に捉《とら》えた。視線の先にいたのは河島班長だ。ホウキを動かしながらも視線が若者に向いていた。

若者は帽子を引き下げた。ポケットに手を突っ込んで、流れから離脱する。俯《うつむ》いたまま、中央口へ戻って行く。河島も平野もそれに気付いた。

恵平の位置からは、若者が背負《しょ》ったリュックがよく見える。彼は後ろ手にリュックをまさぐり、何かをつかんで準備した。

「はっ」と恵平は息を呑《の》む。

あれはラガーナイフのグリップではなかろうか。若者の行く手には、人でごった返すコンコースがある。人波に飲まれて駅へ入ったら大変だ。

平野もそう思ったらしい。女性刑事と分かれてコンコースへ進む。

恵平は平野を目で追った。若者からも目を離さない。時折人に紛れてしまうが、恵平は足を見ていた。履いているスニーカーは真っ白で、ビジネスシューズの人垣からは浮いている。

「あ、すみません」

前方で平野が言った。若者がコンコースへ入る手前で、とぼけて彼にぶつかったのだ。若者は足を止め、瞬間、平野と目が合った。ビリッと電気のように緊張が走る。

彼はナイフをリュックに押し込むと、平野を突き飛ばして改札へ走ろうとした。

「トビザル!」

女性刑事がそう叫ぶ。

飛猿と呼ばれたトレーサーは駅に入るのを諦《あきら》めて、植栽を飛び越し、ダッシュした。前方から襲いかかる河島たちを軽々と躱《かわ》して端へ避《よ》け、広場を突っ切って皇居方面へ逃げていく。と、見せかけて、追ってくる平野と女性刑事を躱して丸の内一丁目方向へ向かった。恵平は駅前広場に立ったまま、一部始終を見守っていた。人混みに紛れることに失敗したなら、より複雑で追いつかれにくい場所へ逃げるはず。先にあるのは工事現場で、この時間は現場の扉が開いている。彼の身体能力を以《もっ》てすれば、工事現場へ入られてしまえば追いつけないし、逃げられてしまう。

予想どおりに彼はそちらへ走っていく。

「平野先輩！　工事現場です」

恵平は平野にそう叫び、駆け出した。

恵平がここにいるとは思いもしなかったのだろう。平野は一瞬驚いたが、迷うことなくダッシュした。河島班長は追っ手を二班に分けて飛猿を追わせた。恵平には考えがあった。どんなに速く走っても、道路を行く限りは距離がある。けれども、毎朝毎晩東京駅界隈《かいわい》を歩き倒した恵平の頭には、大好きな路地やビルの隙間など、迷路のような地図がインプットされている。

恵平は平野たちとは逆方向へ走り、商業ビルの隙間へ向かった。そこにはゴミ捨て防止のための目隠しがあって、足下からわずか三十センチほどが開いている。三十センチの隙間は奥へと続き、突き抜けると一丁目工事現場の手前だ。

恵平は四つん這《ば》いになり、「ふんっ」と息を吐いて肩を外した。田舎で野山を冒険しているうちに自然と覚えた技である。あちらではカネチョロ、正式名称カナヘビよろしく地面を這って、恵平は目隠し板をやり過ごす。塀に体を沿わせるようにして進み、平野たちを振り切って工事現場へ向かっているはずの飛猿を待つ。

軽やかに街を駆けてくる彼は、勝利を確信した表情をしている。もはやナイフに手をかけておらず、躍るような足取りだ。何十メートルか後ろに平野が見える。あれではとても追いつけまい。

恵平は歩行者のフリをして歩道を歩きながらタイミングをはかり、飛猿とすれ違う瞬間に足下へスライディングした。さしもの凄腕《すごうで》トレーサーも捨て身で飛び込んだ恵平の体に足を取られて転倒したが、コンマ何秒かで体勢を立て直そうと跳ね上がる。恵平は背中に飛びついた。凶器のことが脳裏を離れなかったので、リュックに抱きつき、振り回されながらも離さない。飛猿はケダモノのような雄叫《おたけ》びを上げた。

「飛猿ーっ！」

平野の叫びで飛猿はリュックを捨てた。

恵平も地面に叩《たた》きつけられたが、決してリュックは離さなかった。追いついた平野を飛猿のパンチが襲う。一発目が頰に入って血が飛んだ。

「先輩！」と叫びたかったが、グッと堪《こら》える。

平野はすぐさま後ろに引いて、次のパンチを待ち構え、飛猿の腕を摑《つか》んで顔面から地面に引き倒し、膝《ひざ》で背中を踏みつけた。飛猿はツバを吐きながら大暴れする。恵平はリュックを背中に担ぎ直すと、彼の太ももを跨《また》いで座った。大人二人にのしかかられて、飛猿はようやく言葉を発した。

「ちくしょう！　どきやがれ！」

「公務執行妨害の現行犯で逮捕する。ケッペー、時間！」

尻《しり》の下に飛猿の筋肉を感じながら、恵平はスマホで時間を確認した。

「午後六時五十二分です」

一足遅れで組対の刑事たちがやってくる。恵平を見ると、驚いて訊《き》いた。

「堀北、ここでなにやってんだ」

飛猿に手錠がかけられるのを待ってから、恵平は答えた。

「ペイさんに靴を磨いてもらっていたら、班長たちが張り込みしているのが見えたので……すみません。見学させてもらっていました」

「俺に、工事現場と叫んだよな？　なんでそう思ったんだ」

唇の血を拭《ぬぐ》いながら平野が訊いた。

女性刑事がハンカチを出して平野に渡す。殴られたところが腫《は》れている。

「俯瞰《ふかん》しながら考えたんです。自分ならどう逃げるだろうって。この人はパルクールの技があるので、工事現場に逃げ込めば、絶対に捕まらないと思うだろうって」

恵平はリュックを河島に渡した。

「中央改札口の手前で、この人、リュックに手を入れました。たぶんナイフがあるんです。民間人のなかで凶器だけは、絶対出させちゃいけないと思ったので」

「おまえなあ……」

河島は呆《あき》れたふうに言いながら、リュックの中身を確認した。

恵平が死守したリュックには、やはりラガーナイフが入っていた。ほかにパケ入りの覚醒剤《かくせいざい》、違法ドラッグ、小分けした経口堕胎薬、ラテックス手袋、真空パック、さらに情報が入ったままのスマホが押収されて、容疑者たちの捜査網は一気に狭まった。


明けて翌日、丸の内西署は本庁の捜査一課に応援要請を出し、伊藤が指紋から割り出した二名の張り込み捜査が始まった。飛猿は丸の内西署の留置場に入れられて、早くも取り調べにかけられている。捜査本部は活気づき、竹田は本庁とこちらを行き来しながら陣頭指揮を執っていた。

恵平の所属する生活安全課はターンボックスの捜査を本庁に任せ、刑事事件としても組対に下駄を預けたかたちになって、早くも日常を取り戻しつつあった。新年度から五月にかけては小学校の新入生や保護者に向けてのレクチャーや講習会、各種行事が目白押しで、管内に公立学校を持たない丸の内西署へも様々な応援要請がある。当然ながら先輩たちは忙しく、捜査本部の雑事は恵平の肩にのしかかってくる。

動きがあったのはその午後だ。

生活安全課に桃田が来て、三人が共謀してアナオを工事現場におびき出し、強引に酒を飲ませて地下へ突き落としたと飛猿が自供したため、ギャングの稲垣浩字と幌村豪に逮捕状が出たと教えてくれた。夕方に捜査陣が招集されて、手分けして逮捕に向かうのだという。

「やっぱり殺していたんですね」

様々なビジョンが脳裏を過《よ》ぎり、恵平は、静かに感動を嚙《か》みしめた。

「黒田が粛清された理由は、違法薬物の横流しと売上金の横領だってさ。ほかにも顧客とプライベートな関係を結んで情報を漏洩《ろうえい》させたことがあって、目をつけられていたらしいよ。死神検死官の読みどおり、三人で黒田を押さえ込み、鼻をつまんで強引にウイスキーを飲ませたんだって。伊藤さんに聞いたら、このやり方は暴力団なんかがよく使う手で、泥酔転落死は司法解剖に回されるケースが稀《まれ》らしい。ほかの不審死にも共通点があったんじゃないかと思うんだけど……」

桃田は悔しげに言葉を濁す。

「思うんだけど？　なんですか」

「伊藤さんは、過去の不審死事件の再捜査は難しいだろうって。だから、そこは竹田刑事の頑張りにかけるしかないね。あと、飛猿には前科がなかったけど、照合したら、工事現場の侵入口のシートにも、出入口にも、彼の指紋が残されていた。バイトに入ってカメラの位置を下見して、当日は三人で黒田を殺害した後に、一人で現場に侵入し直して、わざとカメラに映ったんだよ」

やはりそういうことだったのだ。けれど恵平にはもう一つ疑問があった。

「そういえば、平野先輩たちはどうして東京メトロ丸ノ内線の近くで飛猿を張っていたんでしょうか」

「ぼくが教えたから」

桃田はいつも飄々《ひょうひょう》としている。

「飛猿のSNSを追いかけていたら、公開パルクールのお知らせがあってさ、投稿写真から住処《すみか》の目星はついていたから、移動経路を割り出したんだ」

「すごい……さすがですね」

今回、自分はあまり役立てなかったなと恵平は思う。ついこの前までは刑事課にいたのに、生活安全課に籍を置くことで、捜査の外側にいるしかなくてもどかしかった。では、今の立場で何ができたかと言えば、田中かなえの異変には気付けず、菅田真弓に手を差し伸べることもできなかった。

「ターンボックスは壊滅できるんですか」

「わからない」

と、桃田は言った。

「首尾よく二人を起訴できたとしても、黒田翼殺害事件が解決しただけで、ターンボックスの全容解明は、また別の話だよね。本当のドロドロした闇の部分は、竹田さんの仕事ってことになるのかな。警察っていうのは組織だから、縦割りの不自由さも感じるけれど……」

桃田は少し考えて、

「仕方がない。とは、言いたくないけど、そこは難しいところだと思う」

おそらくは、それが誠実な答えなのだろう。

「結局のところ、赤ちゃんの遺体はどうなったんでしょうか」

桃田は眼鏡の赤いフレームを持ち上げた。

「ネット犯罪はトカゲの尻尾《しっぽ》切《き》りで、トップまで辿《たど》り着くのは容易じゃないからね。極力情報は伏せているけど、飛猿が逮捕されたことで、トップは何か感づいたかもしれないし、そうなればすべての証拠は消されてしまうだろうし、正直、トップの逮捕は危ういと思う。残りの二人を捕まえれば何かわかるかもしれないけれど……たいていの場合、下っ端は何も知らされていないよね。アナオが殺されたことからも、早く二人を逮捕しないと、消されてしまうんじゃないのかな」

「売薬事件かどうかは、わからないってことですね」

「ぼくらの仮説はあながち間違っていないと思うし、この先は本庁のビッグデータ分析班が本腰を入れると思うんだ。人体の食餌《しょくじ》療法が盛んだった時代でさえ、捜査陣はそれこそ何年もかけて内偵捜査を進めたんだし」

これからだよ。と、桃田は言った。

「もどかしいです。怪しくて被害者の姿も見えているのに、仮説を証明することができないなんて」

「堀北の気持ちはわかる。こうしている間にも次の被害者が出てしまうんじゃないかと考えるよね？　でも逆に、勇み足で捜査して真実を見誤る可能性は否定できないだろ？　力を行使できる警察官だからこそ、判断には責任が伴う。捜査に時間がかかるのも、真実を見極めるのが大切だからだよ。人間は間違うからね。今回のぼくらや、検視官がそうだった。上辺だけの状況証拠で、事故死という判断をした」

恵平が桃田の顔を見つめていると、桃田は白い歯を見せた。

「一生懸命やっても間違えることはある。数人が同じ判断だった場合は特に、人の意見に引っ張られてしまうよね。だからこそ、性急な捜査をしちゃダメだ。堀北はいま、全部一緒くたにして焦っていて、間違った判断をしやすいと思う。ひとつひとつ分解して、取捨選択していくといいよ」

「どうやるんですか？」

「例えばだけど、ターンボックスへ運ばれるのは遺体だから、生命保持の緊急性はないよね？　それをするならもっと前、不幸な妊娠や、出産を止めるほうが合理的だろ」

「それはたしかに」

桃田はニコッと笑って言った。

「で、堀北は生活安全課で、まさにそういう仕事を学んでいる。よね？」

鼻の奥がキュッとした。池田に何度も叱られた意味、思いだけが空回りしていた自分を、恵平は初めて意識した。生活安全課の仕事は尊い。犯罪が起きてしまわぬうちに、できることをする仕事。田中かなえや菅田真弓を守る仕事を、自分はしていたのである。刑事課とは違うけど、とても重要な部署なのだ。

「じゃあね。ガンバレよ」

「桃田先輩、捜査会議は何時からですか？」

鑑識へ帰ろうとする桃田を呼び止めて訊《き》く。

「六時からだけど、どうして？」

「いえ……誰もケガしないで二人を逮捕できるのかなって」

それに対してはなにも答えず、桃田は部屋へ戻っていった。

アナオはターンボックスに利用された一人でしかなく、飛猿もほかの二人も同じだと桃田は言う。アナオ殺しの三人は末端の活動員で、運営者に辿り着けるかは、わからない。それに食らいつこうとしているのは、いまのところ本庁の竹田だけだ。

夕方、緊張の面持ちで捜査陣が署に戻る。ロビーがガヤガヤうるさくなって、刑事たちが捜査本部へ向かって行く。

「竹田刑事、お疲れ様です」

恵平はそれを見守って、セカセカとロビーを突っ切る竹田を呼び止めた。逮捕状が下りたので、誰もが血走った目をしている。河島班が竹田の後ろを通っていく。

「ひよっこか、なんだ」

　おかっぱ頭を振り乱し、竹田は訊いた。

「呼び止めてすみません。あの……よろしくお願いします」

　恵平は腰を折って頭を下げた。

「よろしく？　何を？」

「逮捕です。私はお手伝いできないので、せめて」

　竹田は眉間《みけん》に縦皺《たてじわ》を刻み、何か言いかけたが、すぐにおかっぱ頭を振りさばいた。

「任せとけ。俺が何年刑事やってると思ってるんだ」

　そして初めてかすかに笑った。

　講堂へ向かう竹田の小柄で冴《さ》えない背中を見つめて、恵平は拳《こぶし》を握る。見習い警察官は当然ながら犯人確保に立ち会えない。けれどアナオの殺害状況や、判明した事実から、竹田が追っているのが恐ろしい組織だということはよくわかる。別の立場で見てみると、刑事の仕事はこんなに過酷だったろうかと思う。

　仲間が任務を終えるのを、離れて祈ることしかできないなんて。

その日、定時に勤務を終えた恵平は、『ダミちゃん』で銀ダラの煮付け定食を食べながら、深夜から早朝に掛けて行われる逮捕劇に思いを馳《は》せた。

「どうした。ちょっと元気がないな」

忙しさのなかでダミさんが訊く。

「銀ダラ、美味《おい》しくなかったかい？」

「ううん、美味しいよ。でも、なんか、ちょっと虚《むな》しくて」

「珍しいねえ。いつも元気なケッペーちゃんがさ」

ダミさんはお客さんの帰ったテーブルを片付けながらそう言った。

「研修中の身って無力よね。私、勝手に空回りして、浮いちゃって」

「当たり前だろ。誰だって最初は何も知らないよ。知らないから知るんだろ。恥ずかしいことじゃないんだぜ？」

「でも、浅はかで思慮深くなかったなって思うんだ」

ダミさんは笑った。

「ケッペーちゃんの歳で思慮深いって、そりゃ褒められたことでもないぞ」

「どうして？　思慮深いのはいいことでしょ」

「ケッペーちゃんは、誰かに褒めて欲しかったのかい？」

「そういうんじゃないけど。もっと、こう……結局よくわかんない。それだけ」

ダミさんは空の食器を積み上げて、おしぼりやおしぼり袋と一緒にカウンター台に置いた。店員が食器を下げると、丁寧にテーブルを拭《ふ》く。

「何があったか知らねえけどさ、ケッペーちゃんはケッペーちゃんで、ケッペーちゃんにしかできない仕事をすれば、それでいいと思うんだけどね」

「私にしかできない仕事って？」

「俺っちはペイさんから聞いたんだけどさ、このまえ、具合の悪いガキんちょに洋服を買ってやったんだろ？　ケッペーちゃんが血相変えて、あっちこっち走り回ってんのを、兎屋の婆さんが見てたって。いったい何をやってんだろうって」

「やだ。メリーさんがいたの、知らなかったよ。服を買ったのは先輩で、私は……少しでもお洒落《しゃれ》な服を探すくらいしかできなくて……」

「だよな、そこがケッペーちゃんだ」

ダミさんはテーブルを片付け終わってカウンターに戻った。

「普通はさ、親切にしてやってんだからと、高飛車になるもんだ。してやってんだからこれでいいだろって、押しつけの親切になっちまう。でも、ケッペーちゃんはそうじゃない。ま、悪くいえば不器用で、よく言えばバカ真面目」

「どっちも褒め言葉じゃないよ」

「いいんだって。そういうケッペーちゃんだからこそ、いいお巡りさんになれると、俺っちは思ってんだから」

「なれるのかな、私……いいお巡りさんに」

いいお巡りさんと言ったとき、頭に浮かんだのはなぜか柏村だった。

「一人の不幸を見逃さないから、その先へつながっていくんだよ。あの婆さんが口をきくのはケッペーちゃんとペイさんだけだろ？　スゲーことだと思うんだけどね」

ダミさんに慰められて店を出た。

時刻は夜の十時半。今夜の風は冷たくて、恵平は、新宿歌舞伎町で張り込んでいる平野や竹田や、河島班のことを思い遣《や》った。

エピローグ

眠らない街東京の、眠らない新宿歌舞伎町で起きた逮捕劇は、通行人がすぐさまアップしたSNSの情報で、リアルタイムに恵平へ届いた。恵平は寮の押し入れベッドで、平野たちが無事に殺人犯の一味を捕らえたことを知ったのだ。

同僚の活躍を心配するだけの時間は、自分がその場にいるよりずっとメンタルにきて、恵平はまんじりともせず夜を過ごした。開け放った襖《ふすま》の奥でカーテンの向こうが明るくなって、ベランダで鳩が鳴き、新聞配達の人が乗るバイクの音を聞きながら、ついに恵平は起き上がり、身支度をして寮を出た。

早朝の空気は清々《すがすが》しくて、霧のような匂いがする。暁の空にそびえ立つビルを見上げて背中を伸ばし、準備体操をしてから、駅へ向かって走り出す。始発が動き始める頃、駅にはもう人がいて、東京駅おもて交番にも山下《やました》巡査の丸い姿があった。

駅前広場に走り出て煉瓦《れんが》駅舎の正面に立つと、中央にステーションビルの出入口が見えて、御車寄せの左右に日の丸の旗が掲げられている。海外から来賓を迎えたときは異国の国旗も掲揚される。

恵平はそこに立ち、堂々たる駅舎を見上げるのが好きだ。

柏村がうら交番にいた昭和三十三年頃、駅はどんな姿をしていたのだろう。そういえば、あのとき起こった警察官バラバラ殺人事件は未解決だと聞いた。柏村が殉職した人質立てこもり事件もまた未解決だったはず。今現在の捜査テクニックを以《もっ》てするならば、当時は未解決だった事件の多くが解決に導けるのではなかろうか。

自分たちがうら交番へ呼ばれる理由が、そこにあるのだとしたら。

「できるのかな……そんなこと」

柏村は、当時も今も同様に起きる猟奇事件について語ってくれる。病に怯《おび》えるあまり人体を食餌《しょくじ》としていた昔と、身勝手な高揚感を得るために食餌する者がいるかもしれない現代を比べれば、病巣はより深く、狡猾《こうかつ》に、人間の奥底に潜んでしまったようにも思う。

柏村には救いたい人がいたのだと、メリーさんが言っていた。

救いたい人って誰だろう。

恵平は駅を見る。

柏村は、恵平たちが二十一世紀の人間だと知らない。東京駅は百年前と変わらぬ勇姿で、百年前とは全く違う景観の中に立つ。当時の人が『我が国においてもすみやかに西洋式のオフィス・スツリートを建設することが必要』と夢見た街がここにある。柏村に、この東京駅を見せてあげたいと恵平は思った。柏村が懸命に生きた時代の先に、この美しい光景があることを。ペイさんやメリーさんが見ている今の駅舎を、柏村にも見て欲しい。

深呼吸して恵平は、柏村の澄んだ眼差《まなざ》しを思い出す。嘘のない味のほうじ茶や、初めてご馳走《ちそう》してもらった安倍川餅《あべかわもち》を思い出す。デスクに置かれていたノートには、いったい何が書かれているのか。

そして自分の問題を見る。可能なら、黒田翼がアナオになる前に、まっとうな生き方ができればよかった。彼が施設を出る前に、居場所を与えられればよかった。病院に産み捨てられるより前に、助けることができればよかった。それは柏村の世界につながっている見えない糸に似ている気がする。

「警察官ってなんだろう」

昇る朝日に煉瓦駅舎のシルエットが濃さを増す。建物の縁が金色に光って、街灯の明かりが消えていく。恵平は姿勢を正し、東京駅に頭を下げた。もはや心に祈ることはない。敢《あ》えて言葉にしなくても、通じているような気さえするのだ。

平野先輩や、班長たちや、竹田刑事が無事でよかった。その瞬間、恵平は全霊でそう考えた。スマホを取り出し、平野にショートメッセージを送る。

──犯人逮捕　お疲れ様です　SNSで見てました──

疲れて仮眠中かとも思ったが、平野からすぐに返事が届いた。

──おう　もう駅にいるのかよ──

何もかもお見通しだと、恵平は苦笑した。

──はい　これから着替えて出勤します　誰もケガをしませんでしたか？──

──全員無事だ　それより──

ピーチが面白い情報を仕入れたぞ。と平野は続けた。

ターンボックスについて進展があったのかと思ったら、全く違うものだった。

──柏村敏夫巡査には家族がいたんだ　息子さんが存命で　ピーチが所在を調べてる　話を聞けるかもしれない──

恵平の心臓がドクンと鳴った。

今日も駅は始動した。

殺人犯らは留置され、捜査本部は解散し、取り調べが始まり、新しい事実が積み上げられる。事件は解決しなければならないと柏村は言った。全容を解明して今後に活《い》かさなければ、第二のアナオや、田中かなえを救えない。ペイさんや、ダミさんや、メリーさんたちを守れない。

だから自分が選ばれたのか。柏村が生きた時代が自分たちを選んだのだろうか。自分と、平野先輩と、周囲の人を。いったい何を知らせたくて？　それとも何をさせたくて？　答えは出ない。

踏みしめる地面の感触を一足ごとに確かめながら、恵平は、丸の内西署へ出勤するために駅を離れた。

……to be continued.

【主な参考文献】

『元報道記者が見た昭和事件史　歴史から抹殺された惨劇の記録』石川 清（洋泉社）
『〈物語〉日本近代殺人史』山崎 哲（春秋社）
『警視庁科学捜査最前線』今井 良（新潮新書）
『日本の「未解決事件」100　昭和・平成の「迷宮」を読み解く』（宝島社）
『死体は語る』上野正彦（文春文庫）
『警視庁捜査一課特殊班』毛利文彦（角川文庫）
『警視庁捜査一課殺人班』毛利文彦（角川文庫）
『新聞紙面で見る二〇世紀の歩み　明治・大正・昭和・平成　永久保存版』（毎日新聞社）
『江戸・東京の事件現場を歩く　世界最大都市、350年間の重大な「出来事」と「歴史散歩」案内』黒田 涼（マイナビ出版）
『絵解き東京駅ものがたり　秘蔵の写真でたどる歴史写真帖』山口雅人／資料写真（イカロス出版）

『東京駅誕生　お雇い外国人バルツァーの論文発見』島 秀雄編（鹿島出版会）
『東京駅の履歴書　赤煉瓦に刻まれた一世紀』辻 聡（交通新聞社新書）
「無承認無許可医薬品の指導取締りについて　各都道府県知事あて厚生省薬務局長通知」一部改正46通知（統合版）
「医療としての食人—日本と中国の比較—」吉岡郁夫（『比較民俗研究』第5号）

本書は書き下ろしです。

この作品はフィクションです。
設定の一部で実在の事象に着想を得てはおりますが、
小説内の描写は作者の創造に依るものであり、
実在の人物、団体、事件等とは一切関係ありません。

TURN《ターン》 東京駅《とうきようえき》おもてうら交番《こうばん》・堀北恵平《ほりきたけつぺい》

内藤《ないとう》 了《りよう》

角川ホラー文庫　22300

令和2年8月25日　初版発行

発行者――――青柳昌行
発　行――――株式会社KADOKAWA
〒102-8177　東京都千代田区富士見2-13-3
電話 0570-002-301(ナビダイヤル)
印刷所――――株式会社暁印刷
製本所――――本間製本株式会社
装幀者――――田島照久

●お問い合わせ
https://www.kadokawa.co.jp/ (「お問い合わせ」へお進みください)
※内容によっては、お答えできない場合があります。
※サポートは日本国内のみとさせていただきます。
※Japanese text only

ISBN978-4-04-108756-5　C0193

角川文庫発刊に際して

角川源義

第二次世界大戦の敗北は、軍事力の敗北であった以上に、私たちの若い文化力の敗退であった。私たちの文化が戦争に対して如何に無力であり、単なるあだ花に過ぎなかったかを、私たちは身を以て体験し痛感した。西洋近代文化の摂取にとって、明治以後八十年の歳月は決して短かすぎたとは言えない。にもかかわらず、近代文化の伝統を確立し、自由な批判と柔軟な良識に富む文化層として自らを形成することに私たちは失敗して来た。そしてこれは、各層への文化の普及滲透を任務とする出版人の責任でもあった。

一九四五年以来、私たちは再び振出しに戻り、第一歩から踏み出すことを余儀なくされた。これは大きな不幸ではあるが、反面、これまでの混沌・未熟・歪曲の中にあった我が国の文化に秩序と確たる基礎を齎らすためには絶好の機会でもある。角川書店は、このような祖国の文化的危機にあたり、微力をも顧みず再建の礎石たるべき抱負と決意とをもって出発したが、ここに創立以来の念願を果すべく角川文庫を発刊する。これまで刊行されたあらゆる全集叢書文庫類の長所と短所とを検討し、古今東西の不朽の典籍を、良心的編集のもとに、廉価に、そして書架にふさわしい美本として、多くのひとびとに提供しようとする。しかし私たちは徒らに百科全書的な知識のジレッタントを作ることを目的とせず、あくまで祖国の文化に秩序と再建への道を示し、この文庫を角川書店の栄ある事業として、今後永久に継続発展せしめ、学芸と教養との殿堂として大成せんことを期したい。多くの読書子の愛情ある忠言と支持とによって、この希望と抱負とを完遂せしめられんことを願う。

一九四九年五月三日